《核心价值观的故事》丛书

新邻里的故事

袁祥◎主编

国家出版基金项目
NATIONAL PUBLICATION FOUNDATION

二零一六年中宣部主题出版重点出版物

光明日报出版社

林校路街道举办“晒家风、展家史、讲故事”活动，永华南里社区居民张金立展示自己收藏的老秤。

青岛市北区敦化路街道邻居节，老游戏带来新快乐。

青岛市北区镇江路街道汉口路社区居民在邻居节开展“品尝百家宴，共话邻里情”活动。

肖霞（右）和蒋冬姣在一起。张鹏摄

把核心价值观宣传放在核心位置

——《核心价值观的故事》丛书序言

光明日报原总编辑　何东平

《核心价值观的故事》丛书收录的是党的十八大以来光明日报有关家风家教、校训校风、乡贤文化、地名文化以及核心价值观百场讲坛的报道和文章，展示的是光明日报坚持不懈、不断创新的核心价值观宣传成果，更重要的是体现了光明日报这几年来一直秉持和坚守的“把核心价值观宣传放在核心位置”的办报理念。

为国家立心，为民族铸魂。十八大以来，党中央大力推进、持续深化社会主义核心价值观培育和弘扬，“在人的心灵里搞建设”，彰显出日益强劲的中国精神、中国价值、中国力量，托举起跨越百年的光辉梦想——中华民族伟大复兴中国梦。

“把核心价值观宣传放在核心位置”的办报理念正是建立在以习近平同志为总书记的党中央建设社会主义核心价值观新理念新实践基础之上的，是来源于对中国人民价值观自信自觉自立、坚信坚持坚守的感染、感动和感奋之中的。

作为一份主要面向知识分子的中央主要媒体，思想文化宣传是光明日报的神圣职责。我认为：思想文化宣传的特点，是以价值观作为总开关，要有成功的思想文化宣传，先得有成功的核心价值观宣传。

基于这一认识，十八大以来，我们紧跟党中央推进和深化社会主义核心价值观建设的新理念新实践，将创新社会主义核心价值观宣传作为创新思想文化宣传工作的重点，始终把核心价值观宣传放在核心位置，坚持广覆盖、融媒体、全栏目推进核心价值观宣传，坚持深入挖掘优秀传统文化，以文化传播和滋养核心价值观，坚持深入发掘好故事、生动讲述好故事，以先进典型弘扬和引领核心价值观，使核心价值观宣传好看、耐看，使核心价值观更好地走进人们的心灵。

一、广覆盖融媒体全栏目推进核心价值观宣传

社会主义核心价值观建设是面向全社会、全体公民的，必须落实到各个领域各个方面，与此相对应，创新社会主义核心价值观宣传报道，就要做到全方位推进、全领域覆盖。十八大以来，光明日报坚持不懈地在广覆盖、融媒体、全栏目上下功夫，开展了多个重大主题活动，推出了多个重点栏目，刊发了一系列重要报道和文章，从不同角度、不同层面弘扬社会主义核心价值观，实现了高密度、广覆盖、强效果的传播。

（一）广覆盖宣传核心价值观

2014 年以来，光明日报开展了“家风家教大家谈”征文活动、“礼敬中华优秀传统文化”活动，推出了《校训的故事》《新乡贤·新乡村》《企业精神寻访录》《品牌背后的故事》《三严三实·我们这样做》《培育和践行社会主义核心价值观·干部担当》等专栏，实现了培育和践行社会主义核心价值观在家庭、学校、农村、企业、机关等领域宣传报道的全覆盖。

光明日报还综合运用新闻报道、理论评论、诗歌散文等多种形式宣传核心价值观，实现了核心价值观宣传体裁样式的广覆盖。光明日报在一版头条位置推出的《让道德成为市场经济的正能量》《君子文化与社

会主义核心价值观》等“光明专论”，紧扣核心价值观的重大思想理论问题进行论述，在众声喧哗的舆论环境中发出主流声音，在思想观点的交锋中倡导主流价值，强化人们对培育和践行社会主义核心价值观的认知认同，产生了很大的社会影响。

（二）融媒体报道核心价值观

光明日报积极调动各种新闻元素，充分运用多媒体手段，务求在核心价值观宣传入脑入心上取得实效。

在中宣部的指导下，光明日报与中国人民大学、中国伦理学会合作开展了“核心价值观百场讲坛”活动，2016年起，中宣部宣教局和光明日报联合开展这项活动，通过整合报纸、网站、微信、微博和客户端，以一流专家和践行核心价值观典范演讲、报社内不同终端融合、与兄弟媒体合作宣传的方式，立体传播社会主义核心价值观。目前已开展了36场活动，现场聆听近两万人，收看节目网民近1亿人次，800多万网民参与交流互动。

2014年9月，光明日报推出了《培育和践行社会主义核心价值观·百家经验》专栏。光明网同步推出“百家经验”主题页面和报道专区，配发大量图片和微视频，并在首页重点推介。光明日报法人微博发起“百家经验·我们的价值观”话题，与微友互动交流。不同媒介的报道形成了整合传播效果，融媒体传播方式有效拉近了“百家经验”与受众的距离。

（三）全栏目传播核心价值观

光明日报通过不同内容层次、不同刊发频率专栏的合理搭配，实现了核心价值观宣传的全栏目融入。《培育和践行社会主义核心价值观》是光明日报的一个常设栏目，从2012年底推出以来，已刊发160多篇报道。2015年以来，光明日报还立足自身特色，精心策划推出了《地名的故事·那些历史那些乡愁》《我的座右铭·当代国人的修身故事》《新邻里·新民风》等一批产生广泛影响的核心价值观宣传原创专栏。同年4月30日，在五一劳动节前夕，光明日报策划推出了《劳模家书》专栏报道，生动讲述劳模家书背后的感人往事，呈现劳模的内心世界、美好情怀，抒写广大劳模“爱岗敬业、争创一流，艰苦奋斗、勇于创新，淡泊名利、甘于奉献”的崇高精神和价值追求，唱响了劳动光荣、创造伟大的时代强音。

二、以文化传播和滋养社会主义核心价值观

培育和践行社会主义核心价值观是一项系统工程，其中一个重要方面就是依靠文化的滋养，并通过文化来传播。光明日报的特色在文化，优势在文化。我们立足自身特色和定位，在社会主义核心价值观宣传报道中突出文化特色，突出文化内涵，通过文化的滋养和催化，使核心价值观宣传报道直指人心。

（一）发掘中华优秀传统文化，深耕厚培当代价值

中华优秀传统文化蕴含着丰富的精神价值、深厚的道德资源，光明日报从中发掘符合当今时代需要的思想价值，深耕厚培当代价值。

家庭是德行培育和文化传承的第一驿站，家风家教具有优先、初始的文明和文化意义。光明日报与中央电视台开展的“家风家教大家谈”征文，上通文脉、下接地气，激发了众多读者对家风家教文化内涵的深入探寻，唤醒了广大民众对家风家教文化育人的美好记忆。

乡贤文化是中华文化的宝贵资源，蕴含丰富的人文道德力量。光明日报推出的《新乡贤·新乡村》系列报道深入挖掘浙江、广东、湖南等地传承乡贤文化、进行乡村治理的新鲜故事与经验，刊登的专家学者访

谈和专论，深刻阐释了乡贤文化对传播和滋养核心价值观的重要意义。这一报道得到中央领导同志的充分肯定。在中央领导重视和中宣部推动下，现在各地呈现出宣传推崇新乡贤、继承创新乡贤文化、滋养弘扬核心价值观的热潮。

（二）提炼不同领域文化内涵，与核心价值观交集共振

十八大以来，光明日报深入研究家风文化、校训文化、乡贤文化、企业文化、邻里文化和地名文化，开掘和提炼其中与社会主义核心价值观相贯相通的精神价值，通过《校训的故事》《新乡贤·新乡村》《品牌背后的故事》《新邻里·新民风》《地名的故事·那些历史那些乡愁》等专栏专题系列报道，传播和弘扬这些领域文化中蕴含的高尚精神追求和崇高价值理念，使不同领域文化内容与核心价值观形成交集和共振，很好地促进了核心价值观入脑入心。

2014年4月，光明日报推出了《校训的故事》专栏报道，通过阐发校训的由来、传承和发展，讲述知名大学校训背后的故事和优秀校友成长的历程，展现了校训蕴含的精神追求和文化特质，凝聚了广大师生的价值认同。刘奇葆同志到光明日报调研时，对《校训的故事》专栏给予充分肯定，并要求发挥校训对传播和涵养核心价值观方面的作用，让校训成为广大师生的行为规范和学校的优良风气。按照奇葆同志指示，光明日报进一步推出“校训的故事·忆述”“校训文化专家谈”“校训传播核心价值观·寻思录”“校训的故事·开学第一课”等新系列，使校训报道更加丰满、更加生动，并随后与中宣部、教育部一起，成功举办了“大学校训传播社会主义核心价值观”研讨会。

2015年3月，光明日报与民政部区划地名司合作推出了“地名的故事·那些历史那些乡愁”系列报道，寻访地名流变背后的乡愁故事，追踪地名乱象治理的经验得失，探讨地名文化建设的思路和对策，很好地传播了地名文化知识，弘扬了社会主义核心价值观，受到广泛关注。

三、讲好故事，用先进典型弘扬和引领核心价值观

先进人物、先进典型犹如一面镜子，其言行故事蕴藏着砥砺人心、烛照时代的精神力量。十八大以来，光明日报致力于发现和发掘并生动讲述有光明日报特色的“中国故事”。光明日报特色的“中国故事”，主要是一批典型人物和他们的精彩故事，是一批中国知识分子爱国奉献、创业创新的故事，是一批文化和文化人的故事，其中很多成为时代楷模、道德模范，入选“感动中国人物”。这些人物、这些故事充分展现了中国人民真善美的精神世界、道德力量，传播和弘扬了社会主义核心价值观。

（一）发掘典型人物的当代价值，讲富于时代气息的好故事

在典型人物报道中，光明日报注重站在党和国家工作大局，把握时代变革与发展的大主题，发掘典型人物身上道德品质、人生追求的当代价值，讲富于时代气息的好故事。

十八大以来，全面推进从严治党、大力反腐倡廉成为党和国家的重要工作。2015年2月6日，光明日报在副刊《光明文化周末》以整版篇幅，刊发纪实散文《一位财政部长的两份遗嘱》，讲述了已经去世10年的财政部原部长吴波廉洁自律的故事，在反腐倡廉的形势下，向人们呈现了一个共产党人应有的高尚形象。文章被多家主流网站转载，得到多个有影响力微信公号的推送。当年两会期间，中央新闻单位随即对吴波的先进事迹进行了集中报道，淡泊名利、克己奉公的“吴波精神”一经传播，立刻赢得众口称赞。

（二）以发现的眼光和关爱的情怀，讲述普通人不平凡的故事

光明日报推出的很多典型人物，都是记者在深入基层中发现的。为了一个典型人物的报道，光明日报的记者可以连续几年跟踪关注，持续数月贴身采访，再花几周打磨成稿。秉承这种向广度和深度不断拓展的理念，光明日报逐渐形成了以“发现的眼光和关爱的情怀”来讲述核心价值观故事的特色思路。

2014 年 5 月 29 日，光明日报一版头条刊发《在泥土中，叩问生命的意义——记时代楷模、农业科学家赵亚夫》。光明日报记者、“范长江新闻奖”获得者郑晋鸣在基层蹲守、深入采访的基础上，报道了农业科学家赵亚夫 53 年扎根农村，从扶贫式开发到致富式开发再到普惠式开发，用自己独特的“三部曲”创新“三农”发展模式，带领村民走上新型农业小康之路的故事。赵亚夫身上的担当和“探路人”气质，感染和鼓舞了很多人，被誉为“点燃大地的活雷锋”，并获得“时代楷模”的称号。2014 年底，习近平总书记在江苏考察时，深入镇江市世业镇先锋村农业园调查了解现代农业发展情况，同赵亚夫同志进行了亲切交谈，赞扬他做给农民看、带着农民干、帮助农民销、实现农民富，赢得了农民群众爱戴，“三农”工作需要一大批这样无私奉献的人。

（三）让典型有“烟火气”“人情味”，讲人类共通情感的好故事

在典型人物报道中，光明日报不求高大完美，而求可亲可信，将注意力更多地投向普通人的悲欢离合、命运变迁，挖掘先进典型身上的“烟火气”“人情味”，讲人类共通感情的故事，让不同的人群在潜移默化中接受和认同社会主义核心价值观。

2013 年 6 月 17 日，光明日报一版头条刊发通讯《听油菜花开的声音》，报道农民沈昌健一家 35 年前赴后继、矢志不渝培育超级杂交油

菜的故事。记者把沈昌健、沈克泉父子还原到现实生活中，在矛盾冲突中展现人物的追求，讲述他们在没有任何经济回报情况下，经历一次又一次的实验失败，承受各种冷嘲热讽，全力培育杂交油菜的经历。报道依靠细节和情节呈现人物的内心世界，生动展示了中国梦与普通人的深刻关联。多家媒体特别是网络媒体跟进报道，“油菜花父子”成为2013年“感动中国人物”。在有关这篇报道一个的报告上，中央领导批示“讲好故事事半功倍”。

四、对创新社会主义核心价值观宣传的思考

核心价值观宣传是光明日报新闻报道的一大亮点和核心竞争力。总结十八大以来光明日报在核心价值观宣传方面的创新探索，可以得到以下启示。

（一）核心价值观宣传要顺应大势主动融入全党工作大局

2013年8月19日，习近平总书记在全国宣传思想工作会议上强调，宣传思想工作一定把围绕中心、服务大局作为基本职责，胸怀大局、把握大势、着眼大势，找准工作的切入点和着力点，做到因势而谋、应势而动、顺势而为。核心价值观的宣传也必须顺应大势，主动融入全党工作大局，掌握好时、度、效，这样才能达到理想的传播效果。这些年，光明日报在核心价值观报道中注重紧密联系全党工作大局，同时注意结合当代受众的思维习惯、接受心理，发现、发掘生动感人的典型，讲述和描写内涵丰厚的故事，设置和聚焦具有浓郁文化特色的话题和议题，从而激发受众情感共鸣，达成社会共识。如在中央全面从严治党、深入反腐倡廉的大形势下，光明日报推出财政部原部长吴波廉洁自律的感人报道，契合了公众对共产党人应有形象的期待，取得了很好的宣传效果。

在大众创业、万众创新风起云涌之际，讲述沈昌健父子不畏艰辛、创业创新的故事，生动展现了“油菜花父子”的“中国梦”，产生“事半功倍”的宣传效果。同样，家风家教、校训校风、座右铭、乡贤文化、地名文化、邻里文化系列报道之所以产生广泛的传播力和影响力，原因也正在于此。

（二）把讲好故事作为增强核心价值观宣传吸引力感染力的重要手段

中央领导“讲好故事事半功倍”的批示，为新闻媒体增强核心价值观宣传的吸引力感染力指出了一条有效途径。我认为，讲故事区别于讲道理。讲道理是宣传的内核，如果没有包装，内核就会陷于抽象。而讲故事，是再现具象元素、使受众进入生动场景的方法，是使讲述内容与受众最贴近的方法。光明日报的核心价值观宣传注重讲故事，在典型人物报道中，突出以人们共通的情感和价值追求为出发点讲述故事，让读者读起来“感同身受”。两年多来，光明日报又在努力讲文化和文化人的故事，通过讲故事的方式，深入挖掘优秀传统文化当代价值，传播和滋养核心价值观，显示了很强的吸引力、感染力、传播力、引导力。

（三）适应媒体格局变化大势不断创新核心价值观传播方式

随着互联网尤其是移动互联网的发展，人们的注意力已发生大规模的迁移，“两微一端”等新兴媒体日渐成为人们获取信息的重要渠道。核心价值观的宣传必须适应这种变化，创新传播方式，做到人在哪里，阵地就拓展到哪里。光明日报注重以融媒体方式宣传核心价值观，在“核心价值观百场讲坛”活动中，充分发挥各媒介特性，让各种媒体融会互动，产生传播场的化学反应，使每一场活动都形成一个融媒体产品，取得了优良的传播效果。“核心价值观百场讲坛”现已成为“宣传社会主义核心价值观的标杆性活动”，得到刘云山、刘奇葆等中央领导的充分肯定。这给我们一个启示，媒体融合发展是宣传思想文化工作创新和核心价值观宣传创新的重大任务，要把核心价值观宣传创新和媒体融合发展紧密结合起来，在网上和社交媒体上唱响社会主义核心价值观的主旋律。

2016年新春伊始，习近平总书记在北京主持召开党的新闻舆论工作座谈会并发表重要讲话，高屋建瓴地提出新闻媒体“高举旗帜、引领导向，围绕中心、服务大局，团结人民、鼓舞士气，成风化人、凝心聚力，澄清谬误、明辨是非，连接中外、沟通世界”的职责和使命。光明日报要牢记这些职责和使命，继续坚持把核心价值观宣传放在核心位置，进一步深化和强化党中央推进社会主义核心价值观建设的战略部署和宏伟实践的宣传报道，进一步用文化传播和滋养社会主义核心价值观，进一步发掘好讲述好核心价值观的故事，为使社会主义核心价值观“像空气一样无所不在、无时不有”，成为“百姓日用而不觉的行为准则”，为支撑起公民的精神高度和社会的文明程度，为构建“一个民族赖以维系的精神纽带”和筑牢“一个国家共同的思想道德基础”贡献应有的力量。

为国家立心 为民族铸魂

——十八大以来党中央推进和深化社会主义核心价值观建设纪实

每个走向复兴的民族，都离不开价值追求的指引；每段砥砺奋进的征程，都必定有精神力量的支撑。

这种追求，虽百折而不挠；这种力量，“最持久最深沉”。

正如习近平总书记所言：“人民有信仰，民族有希望，国家有力量。”

为国家立心，为民族铸魂。十八大以来，党中央大力推进、持续深化社会主义核心价值观培育和弘扬，“在人的心灵里搞建设”，久久为功，驰而不息。

以马克思主义科学理论为指导，以当代中国社会主义实践为基石，以历久弥新的优秀传统文化为滋养，强基固本的灵魂工程建设，凝聚起社会共识的“最大公约数”，彰显出日益强劲的中国精神、中国价值、中国力量，托举起跨越百年的光辉梦想——中华民族伟大复兴中国梦。

（一）提炼、提升、提振

——寻找“一个民族赖以维系的精神纽带”，筑牢“一个国家共同的思想道德基础”

2012年11月29日，国家博物馆。

面对“复兴之路”展览呈现的壮阔历史，习近平总书记郑重提出“中国梦”，并庄严承诺：“到中国共产党成立100年时全面建成小康社会的目标一定能实现，到新中国成立100年时建成富强民主文明和谐的社会主义现代化国家的目标一定能实现，中华民族伟大复兴的梦想一定能实现。”

黄钟大吕之音，富民强国之情。

在举国热望与世界瞩目中，以习近平同志为总书记的党中央带领中国人民开始了又一段壮阔航程。

然而，这艘扬帆航行的巨轮，面对的并非“潮平两岸阔”。在纷繁复杂的国际国内形势面前，能够充当“压舱石、定盘星”者，唯有坚若磐石的核心价值观。

从习近平总书记一次次语重心长的论述中，可以窥见党中央对核心价值观作用的清醒认识——

“核心价值观，承载着一个民族、一个国家的精神追求，体现着一个社会评判是非曲直的价值标准。”“核心价值观是一个民族赖以维系的精神纽带，是一个国家共同的思想道德基础。如果没有共同的核心价值观，一个民族、一个国家就会魂无定所、行无依归。”

倡导富强、民主、文明、和谐，倡导自由、平等、公正、法治，倡导爱国、敬业、诚信、友善。党的十八大报告提出的“三个倡导”，明确了社会主义核心价值观的基本内容，中华民族在新时代的精神旗帜昂然树起。

三年来，无论治国理政事务如何繁杂，以习近平同志为总书记的党中央始终把推进社会主义核心价值观建设视作重大战略工程，毫不松懈。

提高国家文化软实力；培育和弘扬社会主义核心价值观、弘扬中华传统美德；中华民族爱国主义精神的历史形成和发展——中央政治局集体学习中，第十二次、第十三次、第二十九次的主题均与核心价值观建设紧密相关。社会主义核心价值观的要义、内涵、作用等，在治国者们的学习与讨论中愈加清晰。

2013年12月，中共中央办公厅印发《关于培育和践行社会主义核心价值观的意见》，明确提出：以“三个倡导”为基本内容的社会主义核心价值观“是我们党凝聚全党全社会价值共识作出的重要论断”“为培育和践行社会主义核心价值观提供了基本遵循”，并全面阐述了培育和践行社会主义核心价值观的意义、原则、途径和方法，对这一“铸魂工程”作出了新的战略部署。

“用共同理想信念凝聚民族意志，用中国精神激发中国力量，动员全体中华儿女共同创造中华民族新的伟业。”正如习近平总书记在庆祝中华人民共和国成立65周年招待会讲话中指明的那样，提炼并确立社会主义核心价值观基本内容，提升理想信念、价值取向在国家治理中的层次地位，提振全体社会主义建设者的进取信心，新一届党中央精准发力，用非凡的中国精神凝聚起强大的中国力量。

（二）自信、自觉、自立

——抓住价值观自信这个“关乎民族精神独立性的大问题”，以传统文化涵养核心价值观，抵御错误思潮侵扰

2012年11月17日，十八届中共中央政治局第一次集体学习。

“理想信念就是共产党人精神上的‘钙’，没有理想信念，理想信念不坚定，精神上就会‘缺钙’，就会得‘软骨病’。”新一届中央领导集体如何带领全国民众，坚持和发展中国特色社会主义？习近平总书记给出的答案之一，是“坚定理想信念”。

理想信念是价值观的核心要素。对理想信念的坚信、坚持与坚守，源自内心价值观的自信、自觉和自立。

精当表述背后，是党中央对价值观问题的长久思考与不懈求索。正如中共中央政治局常委、中央书记处书记刘云山多次强调的那样，增强价值观自信“是关乎民族精神独立性的大问题”，“有自信才会有自觉，有自信才会有清醒，有自信才会有定力”。

对自身的价值观信心坚定，方可始终保持对中国特色社会主义的道路自信、理论自信、制度自信、文化自信。

价值观并非无本之木，而是有根有源；自信并非凭空而来，实为有理有道。

我们的价值观，根源自马克思主义科学理论指导下凝聚的“胆气”——

党的十八大以来，马克思主义中国化理论创新成果喜人，进一步增强了我们的价值观自信。

我们的价值观，根源自中国特色社会主义实践伟大成就奠定的“底气”——

中国作为世界经济“火车头”的地位仍然稳定，经济“新常态”下倍感艰辛却砥砺前行的三年，验证着中国特色社会主义道路的正确方向。“这条道路既不是‘传统的’，也不是‘外来的’，更不是‘西化的’，而是我们‘独创的’，是一条人间正道。”习近平总书记的话语充满了力量，揭示了这条道路的独特魅力。

我们的价值观，根源自中华传统文化滋养的“志气”——

“中国人独特而悠久的精神世界，让中国人具有很强的民族自信心，也培育了以爱国主义为核心的民族精神。”“中华优秀传统文化是中华民族的精神命脉，是涵养社会主义核心价值观的重要源泉，也是我们在世界文化激荡中站稳脚跟的坚实根基。”习近平总书记多次阐明传统文化与核心价值观之间的关系，并通过考察曲阜孔府、过问贵州孔子学堂办学情况、了解《儒藏》编纂等不断提醒国人：传统中有我们的精神基因，文化中有民族的志气底蕴。

一手“培土夯基”，稳固传统文化之根基，以中华优秀传统文化涵养社会主义核心价值观。

倡导优良家风。“不论时代发生多大变化，不论生活格局发生多大变化，我们都要重视家庭建设，注重家庭、注重家教、注重家风，紧密结合培育和弘扬社会主义核心价值观，发扬光大中华民族传统家庭美德。”2015 年除夕来临之际，习近平总书记在春节团拜会上特意强调。家教家风成为推进社会主义核心价值观落地生根的重要抓手。2016 年 1 月 1 日实施的《中国共产党廉洁自律准则》中，“廉洁齐家，自觉带头树立良好家风”上升为党员领导干部的基本要求。

培育乡贤文化。乡贤文化是中国君子文化的典型代表，它根植乡土，蕴含着见贤思齐、崇德向善的力量。十八大以来，各地既重“古贤”又重“今贤”，重构乡村本土文化，敦厚民心民风，激励向上向善，有力促进了社会主义核心价值观在乡村扎根。

重视传统节日。十八大以来，由中宣部、中央文明办主办的“我们的节日”主题活动秉承“长中国人的根、聚中国人的心、铸中国人的魂”宗旨，以民族传统节日为契机弘扬中华优秀传统美德，让传统节日成为爱国节、文化节、道德节、情感节、仁爱节、文明节，彰显了节日文化内涵，树立了节日新风。

一手“拨云见日”，破除错误思潮之迷障，在西方价值观攻势面前岿然不动。

社会主义核心价值观的每个关键词，既根源于中华优秀传统文化，又充分吸取了现代人类文明的优秀思想，“实际上回答了我们要建设什么样的国家、建设什么样的社会、培育什么样的公民的重大问题”，与西方价值标准有着清晰分野——

“富强、民主、文明、和谐”的国家价值目标，与“五位一体”总体布局紧密联系，彰显了中国特色社会主义的广阔前景；

“自由、平等、公正、法治”的社会价值取向，与国家、公民两个层面上下衔接，是推进社会治理创新的根本遵循；

“爱国、敬业、诚信、友善”的公民价值准则，外化为道德建设与行为准则，体现了社会文明水准与国家精神风貌。

坚定的价值自信，扎根于中华大地。任尔千磨万击，不惧狂风乱吹。

（三）落细、落小、落实

——使社会主义核心价值观“像空气一样无所不在、无时不有”，成为“百姓日用而不觉的行为准则”

认识的深化与升华，带来行动的提升与飞跃。党的十八大以来，社会主义核心价值观弘扬与践行更重顶层设计、更富内在驱动，渗透到治国理政各个环节，浸润于社会生活方方面面，尽显其“为益之大，收功之远”。

2015 年 9 月 3 日，中国人民抗日战争暨世界反法西斯战争胜利 70 周年纪念大会阅兵现场。

300 余名抗战老兵组成的乘车方队率先经过天安门城楼。苍苍白发，熠熠勋章，微微颤抖的军礼表达着对祖国强盛的敬意。掌声如潮水般涌起，泪水模糊了无数双眼睛。

2015 年 12 月 13 日，南京大屠杀死难者国家公祭仪式在南京市侵华日军南京大屠杀遇难同胞纪念馆举行。这是 2014 年 2 月底全国人大以立法形式将 12 月 13 日设立为南京大屠杀死难者国家公祭日之后，我们第二次以国之名悼念逝者。首个公祭日，习近平总书记出席公祭仪式并发表重要讲话。

“爱国”，世人深知这份情感的可贵。十八大以来，以习近平同志为总书记的党中央高扬爱国主义旗帜，把弘扬伟大的爱国主义精神作为核心价值观建设极为重要的任务贯穿到国民教育和精神文明建设全过程，利用各种时机和场合，生动传播爱国主义精神，引导人们“树立和坚持正确的历史观、民族观、国家观、文化观，增强做中国人的骨气和底气”。

2014 年 12 月 4 日，首个国家宪法日，最高人民法院。

“忠于祖国，忠于人民，忠于宪法和法律，忠实履行法官职责，恪守法官职业道德，遵守法官行为规范，公正司法，廉洁司法，为民司法，为维护社会公平正义而奋斗！”40 余名来自最高法和地方法院的模范法官面向宪法和国旗庄严宣誓。

此前一个多月，十八届四中全会通过《中共中央关于全面推进依法治国若干重大问题的决定》，开启了中国法治新时代。

此后，党中央秉持“依法治国和以德治国相结合”原则，一面健全有效防范和及时纠正冤假错案的工作机制，重铸法治底线，一面把核心价值观融入法治建设，用善法良策的刚性约束有力支撑核心价值观建设，强化人们的道德判断力和道德责任感。

2016 年 1 月 3 日，北京朝阳区人民法院通过媒体公布 269 名“老赖”

名单，限制他们进行高消费，某歌手赫然在列。1月4日，法院执行法官即收到该歌手的还款彩信凭证。

十八大以来，在党中央指导和推动下，有关部门针对群众反映强烈的突出问题进行专项整治，用反面典型警示人，把歪风邪气压下去。“两高”出台打击网络谣言的司法解释，一批网络“大谣”认罪服法；中央文明委印发《关于推进诚信建设制度化的意见》，通过曝光、限制高消费等一系列举措打击各种“老赖”行为，有效遏制了不诚信现象蔓延。

社会主义核心价值观的弘扬与践行，无所不在，无处不有。2015年4月，中央宣传部、中央文明办印发《培育和践行社会主义核心价值观行动方案》，分解出30多项重点任务。按其部署，核心价值观“融入经济社会发展，融入人们生产生活，融入家庭家风家教”，富有实效的创新手段不断涌现。

一方面抓好重点人群，稳固核心价值观的根与魂。

“打铁还需自身硬”，领导干部这个“关键少数”必须成为践行社会主义核心价值观的先行者、好样本。八项规定、群众路线教育实践活动、“三严三实”专题教育、“打虎拍蝇”……一系列举措显著净化了政治生态，党员领导干部带头走正路、干正事、扬正气，有效激发了全社会崇德向善的正能量；“人生的扣子从一开始就要扣好”，核心价值观培育从少年儿童抓起，从青年学生抓起，融入国民教育全过程，为未来整个社会的价值取向夯基垒土。

一方面注重全面覆盖，放大凡人善举、平凡英雄的光与热。

全国道德模范评选、时代楷模发布、感动中国人物表彰，“身边好人”“寻找最美”……三年来，舍己救人的“最美教师”张丽莉，捐资助学、扶贫济困的将军夫人龚全珍等无数道德灯塔在全国挺立，照亮了整个社会的价值星空。道德模范形成了强大的示范效应，学雷锋、志愿服务在大江南北蔚然成风，与文明城市、文明村镇、文明单位、文明家庭、文明校园等创建活动同频共振。善行河北、安徽好人、感动浙江……从一个身边好人的凡人善举，到一群道德模范的身先士卒；从一座城市的好人频出，到一个社会的崇德尚善。细水长流的日常熏陶，使人们从心底迸发出对善的敬重、对美的向往，成为这个时代最引人瞩目的精神力量。

一项项治理举措扎实有力，一个个道德痼疾得以疗治。三年来，社会风气发生潜移默化的变化，时代精神风貌开始逐步重塑。高远的价值追求在切近的现实生活中扎下根须，旺盛生长，支撑起公民的精神高度和社会的文明程度。

（四）交流、交融、交汇

——从世界多彩文明中汲取丰富营养，为人类共同价值贡献东方智慧

1 月 21 日，在对伊朗进行国事访问之际，习近平署名文章《共创中伊关系美好明天》见诸《伊朗报》。饱含历史与情感的文字，尽显今日中国敞开怀抱、文明互鉴的真诚心愿。

今日中国，携 5000 年悠久文明精髓对接全新时代。“一带一路”构想赢得 60 多个国家响应，亚洲基础设施投资银行成功开业，加入上百个政府间国际组织，签署 300 多个国际公约，在亚太经合组织、上海合作组织、二十国集团、金砖五国等重要多边合作机制中担任重要角色。随着朋友圈越来越大，我国提出的“亲诚惠容”等外交理念深入人心，以合作共赢为核心的新型国际关系构建有力，打造人类命运共同体、责任共同体、利益共同体的倡导引起广泛共鸣。

以习近平同志为总书记的党中央引领当代中国，以新的理念新的姿态健步走向世界舞台中央。

2015年9月28日，纽约联合国总部。

“‘大道之行也，天下为公。’和平、发展、公平、正义、民主、自由，是全人类的共同价值，也是联合国的崇高目标。目标远未完成，我们仍须努力。”习近平出席第七十届联合国大会一般性辩论并发表重要讲话。

掌声如潮，经久不息，传递着世界各国对中国领导人倡导“全人类共同价值”，坚持多边主义、奉行多赢共赢新理念的高度肯定。

“全人类共同价值”，是对“人类命运共同体”在思想理念层面的深度挖掘，是对世界各国自觉奉行的价值准则的高度概括。它反映着世界最广大民众的价值理想、价值愿望和价值追求，是人类处理各类关系的共同准则。

但是，“全人类共同价值”不是西方所谓的“普世价值”——

“普世价值”是和“普世模式”连在一起的，它折射的是某些西方国家的强权和霸道。一些西方国家以居高临下的姿态，宣扬所谓“普世价值”，其实质是推销自己的“民主国家体系”和“自由体制”，用自己的尺子来衡量世界。他们不管一个国家、民族的意愿和实际，要求各文明参照他们的标准进行自我改造和转型，“普世价值”只是维护其世界统治地位、实现其最大利益的工具。

而在“全人类共同价值”面前，各个国家和民族是平等的，也是自主的。它承认和平、发展、公平、正义、民主、自由是大家都认可的价值观，大家都在为之努力，但每个国家的历史文化、发展阶段不一样，在追求的过程中有先有后，要正视这种差异。任何国家都不能简单地否认他国的努力，把自己的模式强加到别国头上。

“民主和人权是人类共同追求，同时必须尊重各国人民自主选择本国发展道路的权利。”2015年9月25日，习近平主席在同美国总统奥巴马共同会见记者时的回答掷地有声，清晰地表明了中国的立场。

这三年来的理论探索和实践表明：社会主义核心价值观与“全人类共同价值”是内在相通的——

中国文明的发展不是站在人类现代文明之外的发展，而是主动融入、引领世界潮流的发展。社会主义核心价值观，既植根于5000多年中华文明的丰厚土壤，也汲取着全人类共同文明成果和共同价值的丰富营养，它是全人类共同的文明成果和共同价值的升华和具体体现。

中国特色社会主义建设取得的巨大成就，早已确证中国道路对世界和平发展的重要启示意义，彰显中国道路向前延展的价值理念支撑，也因此成为“人类共同价值”宝贵的智慧资源，不断为世界各国尤其是发展中国家提供极富价值的参考。

社会主义核心价值观，是中国对全人类共同价值的重要贡献，也是中国对人类文明包容互鉴所作的郑重承诺。

这三年来的理论探索和实践同时表明：作为中国特色社会主义事业的基本价值引领，社会主义核心价值观与所谓“普世价值”有本质的区别。社会主义核心价值观所倡导的民主，是人民民主、是人民当家做主；自由，是人民民主专政下的自由，是同纪律有机统一的自由；公正，是人人平等、人人享有的公正；法治，是坚持党的领导、人民当家做主、依法治国有机统一的法治……

只有生长于本民族文明土壤中的价值观，才能对“全人类共同价值”提供文明互鉴的独特价值；只有代表人类前进方向的价值观，才能对世界产生感召力和影响力。

从“和谐中国”到“和谐世界”，从“社会主义核心价值观”到“全人类共同价值”，从人类“命运共同体”到“价值共同体”，中国不断基于成功实践为世界贡献理念与价值，也拓展与增进世界各国对中国理念、中国价值的认同。

“亚洲发展的美好愿景，同国家富强、民族振兴、人民幸福的中国梦是相通的。”马来西亚总理纳吉布说。

“中国的梦想不仅关乎中国的命运，也关乎世界的命运。”英国《金融时报》刊文称。

这让人回想起2014年5月4日，回想起总书记与北京大学师生座谈时对“青年要自觉践行社会主义核心价值观”的殷殷期望，回想起总书记那番充满自信的话语：

“站立在960万平方公里的广袤土地上，吸吮着中华民族漫长奋斗积累的文化养分，拥有13亿中国人民聚合的磅礴之力，我们走自己的路，具有无比广阔的舞台，具有无比深厚的历史底蕴，具有无比强大的前进定力。”

这是向世界传递的中国声音，这是向世界表达的中国信心。

今天，“十三五”新航程正在开启，全面建成小康社会只待冲刺，中国迎来了实现复兴梦想的关键节点。

以中国之名，因人民之托，我们扬高尚精神阔步前行，我们拥磅礴之力坚定逐梦！

（新华社北京2月4日电，人民日报、光明日报2月5日一版头条刊发，作者为光明日报记者王斯敏、谢文、张春丽）

目录

新邻里　新民风

邻里文化专家谈

以邻里文化滋养社会主义核心价值观

后记

新邻里 新民风

《周礼·地官司徒》载，『五家为邻，五邻为里』。『邻』与『里』，不仅是人们因居住而产生的地缘关系，也是一种基层社会组织单位。我国历史悠久，邻里相恤有着厚重的文化传统。亲仁善邻、守望相助，不仅是百姓的道德目标，而且是民众的生活方式，对和谐乡里、文明社会发挥了重要的作用。

邻居节“焐热了每个人的心”

——青岛市北区连续11年举办邻里互助活动纪实

刘艳杰[1]

“没想到11年前我的一个小小的倡议，竟得到成千上万人的热烈响应，并且拉开了青岛市市北区每年一次的‘邻居节’序幕。”今年21岁的大学生孙睿涵对记者说。

“从2004年到2015年，市北区19个街道一共举行了4700多场邻里互助活动、80多万人次参与、200多家单位响应。可以说，在这个拥有104万人口的老城区，‘守望相助’的邻里关系已经生根发芽、处处开花。”山东省青岛市市北区区委书记惠新安说，“邻居节产生于百姓需求，兴盛于

1 刘艳杰为光明日报记者。

百姓需求，只要老百姓喜欢，我们就会一年一年地办下去。”

“左邻右舍，难得咱们有这好缘分”

2004年春节，为了完成学校的社会课堂作业，10岁的孙睿涵跑到楼上楼下邻居家拜年，没想到，多半家庭因为不认识她，没有给她开门。事后，孙睿涵对姥姥家所在的青岛市市北区海伦路街道一个单元楼的48户居民进行调研，发现姥姥竟与27户居民素不相识，比较熟悉的也只有6户。姥姥张毓钧是个有心人，她鼓励孙睿涵写下自己的经历，并以祖孙俩联名的形式写信给政府部门，提出了举办“邻居节”的倡议。

“我记得首届邻居节是2004年在海伦路街道搞的，当时不知道老百姓喜不喜欢，市北区政府决定先搞个试点。没想到现场特别火爆，很多别的社区的居民都跑过来和我们一起过节。”张毓钧回忆。

“红烧牛肉、辣炒蛤蜊、大虾白菜……”2015年4月22日，在大港街道大港社区，长条桌摆整齐了，拿手菜端出来了，邻居节的必备节目“百家宴”开始了。这个社区有3000多户居民，其中一半是铁路职工，2012年拆迁后，有近千户居民搬离了这里。但是每年的邻居节，社区都会备上好酒好菜，把搬走的邻居们请回来：新房旧友睦邻，喝酒品菜聊天。

“今天我们全家都来了，冠军志在必得。”2015年4月27日，在镇江路街道举行的“奔跑吧，邻居！”趣味运动会上，来自北仲社区的吴敏华兴奋地告诉记者。

而在“邻居节”的微信公众平台上，网友们遇到的好邻居是这样的：

网友“@ism”说：“租房没有WiFi，急着传文件，邻居将她家的密码告诉了我，中国好邻居，没有之一。”

网友“@直立行走的”说：“房子对门是位大妈，我在网上买了N多东西，快递都让亲爱的大妈帮忙收着了。”

“窗挨着窗，门对着门，都说远亲不如近邻。楼上楼下，左邻右舍，难得咱们有这好缘分……”这是登北社区居民自己创作的“邻居节节歌”。

“有了邻里真情，自然就有了城区和谐”

2014年2月，家住南口路社区的刘瑞芝老人在别人搀扶下走上领奖台，成为“市北区十佳道德模范”。13年前，同住南口路的符大娘因偏瘫住进养老院，搬走前拜托邻居刘瑞芝照顾其患有严重抑郁症的儿子大符，刘瑞芝一口应允。

13年来，刘瑞芝每天为大符买菜送饭、打扫卫生。几年后，符大娘在养老院去世，病情加重的大符更加暴躁，刘瑞芝只能每天趁他不在家的时候偷偷溜进去送饭、打扫卫生。13年来，严重自闭的大符从不和任何人交流，也从未说出过一个“谢”字，但是刘瑞芝毫不介意：“我能挪动一天就照顾他一天，这是我对符大娘的承诺。”

“区里每年都会重奖像刘瑞芝这样的好邻居。”市北区区委常委、宣传部长李建伟说，邻居节本来就是老百姓自己的节日，身边的故事最能感染身边的人，榜样的力量可以让社会主义核心价值观在老百姓心底生根发芽，内化于心、外化于行。11年邻居节，市北区先后涌现出了100多位“好邻居”“好市民”“道德模范”等先进人物。

“邻居节有三大特色。”李建伟说，一是问需于民，怎么办听老百姓的，政府就是“后勤部长”；二是每年都有创新，像今年的“微信摇摇好邻居”“撕名牌大战”等新潮活动就吸引了许多年轻人参加；三是拓展干群交流渠道，区委书记、区长、各级党员干部都要以“邻居”的身份参与活动，到基层听民情、解民意，消除误解，形成合力。

“邻居节不仅仅是一个节日，它还传递一种理念，让陌生的邻居熟悉起来，让寂静的楼道热闹起来，让人文的环境优美起来，社会肌体产生良性循环，有了邻里真情，自然就有了城区和谐。”青岛市社科院研究员刘同昌表示。

“邻居节，治愈了城市冷漠症”

“乘电梯时你和陌生邻居打招呼吗？”

“邻居敲门时你只会透过猫眼对话吗？”

伴随着城市发展，越来越多的人搬进封闭小区，高楼之间门一关，邻里相逢不相识。2011年，一项媒体调查显示，80.9%的人感觉邻里关系越来越疏远，冷漠的邻里关系和雾霾一样，成为一种“城市病”。

“互联网时代人们压力大、流动快、宅人多，的确给邻里关系构建带来不少障碍。”刘同昌说，但是高楼再高、网络再强，也阻挡不了渴望温暖和交流的心。只不过，随着时代变迁，我们需要去探索并建立一种适应时代发展的新型邻里关系。

“社区有美食节、读书日、播放露天电影、安装关爱门铃……孤独的老人有邻里照顾，困难的家庭有邻里帮扶，吵架的夫妻还有和事佬上门劝和……我在这个社区工作14年了，感觉邻居节捂热了每个人的心，完全治愈了城市冷漠症。”海宁社区主任矫淑珍说。

“在沟通交流中增进家园意识，在尊老爱幼中体会互利共荣，邻居节既是薪火相传的乡愿所在，也是时代发展的文明创新。”刘同昌说，希望有一天，市北区的“邻居节”能够形成一种文化品牌效应，以其亲和力、推动力，推动社会主义核心价值观落地生根。

石家庄：党员志愿者“365帮办”情暖邻里

耿建扩　李征[1]

经常到青园小区居民楚平巧家做客的老姐妹惊讶地发现，楼道里涂满小广告的墙面干净了，乱堆乱放的杂物没有了。

“老姐姐，你们小区找着物业了？打扫得这么干净，这物业费肯定不便宜吧！”老姐妹好奇地问道。

“哪有什么物业啊，都是我们小区365党员工作室的志愿者打扫的，他们每周都来，打扫得可干净了。”楚平巧自豪地说。

石家庄市青园小区始建于20世纪80年代初，76栋楼多是多层住宅，有4000余户1万多人，老人多年轻人少。这样一个典型的大杂院，情况复杂，

1　耿建扩为光明日报记者，李征为光明日报通讯员。

没有物业公司肯来，而59家产权单位中的大部分也陆续退出了对小区的管理和服务，自行车丢失、房门被撬时有发生，脏乱差问题困扰着小区居民。

这既是现实问题也是长远问题，一个万人大社区，居民家中的大事小情，谁来管？怎么管？“这种情况下社区党组织站了出来，成立了365党员工作室，‘365帮办’应运而生。”青园小区社区党委书记叶继仁说。

365党员工作室通过设立尾号为365的帮办热线电话，服务社区居民。党员志愿者们提供治安帮办、文化帮办、就业帮办、殡葬礼仪帮办、法律帮办、代理上访帮办、代购帮办、陪同就医帮办、家政帮办等14项志愿服务。

工作室中还有一支特殊的小分队——“夕阳红”治安服务队，有队员70余人，每天为小区义务巡逻，几年来从未间断。年近八旬的郭德江，有62年党龄，是治安服务队的队长。一天从早到晚，人们总能看到这位老人忙碌的身影：邻居的自行车、电动车没锁好，他发现后马上锁好并将钥匙送还；楼院、小马路脏了，他与大家一同打扫；外来走亲访友的人不识路，他热心带路引导。另一位老党员张素华，带领着志愿理发小组定期上门为行动不便的居民理发，两年多来已经为居民理发近500次。

社区还在“365帮办”基础上创立了以中青年党员为主的空巢家庭结对帮扶模式，为空巢老人解决现实困难。

两年来，365党员工作室已成为青园社区居民的“贴心棉袄”，只要社区居民遇到困难，第一时间想到的就是向365党员工作室求助。他们先后解决了关系民生、涉及民利的困难和问题900多个，融洽了小区居民关系，居民深深地感受到了这个大家庭的温暖。

365党员工作室被河北省文明办评为全省优秀志愿服务品牌，石家庄市将他们的经验在全市推广，目前有4万余名在职党员参与社区志愿服务，认领服务岗位两万余个。

福建卓小燕家庭：谱写新时代的乡村美德之歌

高建进[1]

5月15日晚，福建电视台综合频道播放的《寻找“最美家庭”》节目中，有一个场景令人特别感动：一位朴实憨厚的农家大姐从颁奖者手中接过“最美家庭”的奖杯。她就是福建省安溪县龙门镇寮山村的卓小燕；而给她颁奖的，则是多年来得到她悉心帮助的邻居林绵绵。

“她们一家子太热心了，都是大好人！”林绵绵这样称赞卓小燕一家。卓家是个普通的农村家庭，却做了一件极不普通的事：他们一家视乡邻如亲人，悉心照顾村里的孤寡老人、留守儿童，接力坚守着传统的邻里美德，让“远亲不如近邻”这句老话焕发出新的光彩，谱写了一曲新时代的

---

1 高建进为光明日报记者。

乡村美德之歌。

卓小燕的家真是再平常不过，一家六口人，除了夫妻俩，还有公公、婆婆和两个孩子。但在村民们眼里，卓家可不只是这些成员。因为在农村，围着一张桌子吃饭的就是“一家人”。而在卓小燕家的餐桌旁，总不只是六口人，邻居家的小孩，村里的留守、孤寡老人，都经常是这个“大家庭”的成员。

邻居林绵绵与卓小燕一家相隔只有一两百米，两家一直来往亲密。前些年，林绵绵到服装厂上班，丈夫也去外地打工，家里的两个小孩一个读小学，一个读幼儿园。“我下班时间太晚，还常加班，很担心孩子挨饿或走丢，却不知如何是好。”林绵绵说。卓小燕主动提出照看林家孩子，让孩子们放学后先来自己家，辅导他们做作业，有时还留他们在家里吃饭。如今，林绵绵丈夫回来了，夫妻俩在家里办了个小加工厂，孩子可以自己带了。卓小燕有空还是经常看看两个孩子。“孩子们都叫她卓妈妈，跟她可亲啦！”林绵绵说。

另一户邻居白长模夫妇都60多岁了，两个儿子在外做生意，一年难得回来几趟，夫妇俩身体不太好。他们感到寂寞时，经常来卓小燕家泡茶聊天，也常在卓小燕家吃饭。老两口但凡有头疼脑热，卓小燕或家人都会帮忙买药或者叫医生，买菜也会多买一份送过去。人心换人心，白长模夫妇也很疼爱卓小燕的孩子，经常买些文具之类的相送。两家相处非常和睦，不是亲戚胜似亲戚。

在村里，卓小燕的家境只能算一般，全家的主要收入靠在外打工的丈夫。但这个并不富裕的家庭，几十年都坚守着一个传统：无私关爱村里的孤寡老人。

村里76岁的村民陈树泽无妻无子，患有严重的耳聋和面瘫，没有劳动能力的他独居在一间老瓦房里。20多年前，卓小燕的公公白清凉就一直照顾他的生活，从买米买盐到看病照料，从未间断。

1994年，卓小燕嫁入白家，接过了公公的爱心接力棒。每个星期，卓小燕都会到老人家几趟，给老人买些日常用品。“他们一家都把我当作亲人一样。”陈树泽老人感慨道。如今，老人经常会到卓小燕家吃饭，连卓家的大门钥匙放在哪儿他都知道。想来时，老人就自己取钥匙开门，离去时，再将门锁好。

2006年，热心的卓小燕被村民推选为村妇代会主任。那时村里的留守妇女很多赋闲在家，为了丰富大家的文化生活，卓小燕把村委会大楼前的空地利用起来，建成妇女们跳广场舞的活动场地。她还为场地增添了音响、椅子，并常和家人打扫场地卫生、维持秩序。每逢节日，卓小燕都会组织村民开展丰富多彩的活动，村民有什么困难，也都会找她帮忙解决。“小燕办事细心又周到！”村民们都这样称赞她。

河北省唐山市学院南路街道：“老帮老”坚守24年

李艳辉　耿建扩[1]

“老哥啊，我刚才听到地板响了，有啥事儿吗？”5月30日晚8点，在河北省唐山市学院南路街道赵开社区，赵树玉敲开了空巢老人李自春的家门。李自春老人今年82岁，独自住在五楼，赵树玉今年75岁，住在李自春楼下，早在几年前，二人就结成了志愿帮扶对子。敲地板，是二人的暗号。地板一响，赵树玉就会上楼帮助李自春。

邻里互助、互携、互伴，是学院南路街道“老帮老”养老服务模式的一个缩影。目前，在该街道的三个社区内，活跃着像赵树玉一样的100余名老年志愿者，他们的平均年龄超过65岁，不仅为空巢老人和困难老人提供磨菜刀、理发等生活服

1　李艳辉为光明日报通讯员，耿建扩为光明日报记者。

务，邻里之间还结成帮扶对子，上门提供康复护理、精神慰藉、及时帮助等。

学院南路街道所属的赵开、立新东、双新二这三个社区是典型的“熟人社区”，社区里居住的几乎都是开滦集团的职工。1991年，家住赵开社区的胡在唐退休后，看到身边有不少曾和自己一起工作过的“老伙计”生活上需要帮助。于是，他和几个有一技之长的工友商量，组成了一个“老年志愿者”队伍，定期为社区的空巢老人和困难老人提供理发、磨刀、修自行车、修理小家电等技术服务。老人们的热心服务很快在社区里赢得赞誉，越来越多的老人自愿加入志愿者队伍，志愿力量很快由七八个人壮大到一二百人，覆盖了开滦职工居住的三个社区。

在多次为老人提供服务的过程中，志愿者们感觉到，每月一次甚至每周一次的定期服务远不能满足空巢老人和困难老人的帮扶需要，这些群体需要的是长期的陪伴和及时的帮助。胡在唐和志愿队伍发起人员开始思考，能否建立一种长期的帮扶照顾机制？大家讨论后决定，把“老帮老”志愿者队伍细分，以小区为单位，选举出会长、副会长、理事，组成服务小组，负责统筹安排志愿服务活动。很快，志愿工作形成了“包区位、包项目、包人员”三条服务线：服务小组负责包区位，挨家挨户收集社区老人的数量、居住情况、生活境况等信息；有技术特长的志愿者包项目，负责每周两次为需要帮助的老人提供修家电、量血压、理发等服务；邻里之间包人员，志愿者就近对空巢老人、贫困老人进行日常生活照料等。

24年的坚守，“老帮老”志愿者服务队留下了一串串帮扶的脚印：为孤老王才送终，为震残老人刘志清一家三位病人寻医问药，帮助空巢老人郭金生讨回存款……如今，服务队的“元老”们大多已经离世，但爱心接力一直继续。

佟文岭：为村民义务理发半世纪

徐晓健　梁赞英　耿建扩[1]

“从1975年到现在，佟文岭已经给我剃了整整40年的头，没要过一分钱。”71岁的村民杨振来又来到佟文岭家剃头，伴随着剃刀的嗡嗡声，半小时后，整齐、利落的发型出来了。河北省唐山市丰南区大新庄镇佟二村78岁的佟文岭坚持50年为街坊邻里义务理发，彼此结下深深的感情。“能为邻居们做点事我心里特别高兴！”佟文岭的话质朴有力。

1965年，28岁的佟文岭在12队任会计，他自告奋勇当起村民的义务理发员，“那时每人每天收入七八角钱，理一次发需三四角钱，对村民来说

1　徐晓健、梁赞英为光明日报通讯员，耿建扩为光明日报记者。

是一笔不小的开支。第一个找我剃头的是邻居佟沂，当时他60多岁。”虽然佟沂已去世多年，佟文岭却一直难忘当时剃头的情景。因为是第一次，有些手怯，本来半个小时就能剃完的头，佟文岭用了一个多小时。

77岁的村民孙连贵说，从1965年开始，佟文岭就给他理发，至今已50年："一个人做一件好事不难，难的是一辈子做好事，在理发店剃头一次从最初的几角钱到今天20多元，但只要找到佟文岭，都是免费。他用坏了好几套剃头工具，邻居们想给他凑点钱再买一套，他说啥也不让。”

1986年，佟文岭任大佟庄乡敬老院会计，1990年担任该敬老院院长，直到2000年退休。15年间，佟文岭主动承担了为敬老院老人和孩子义务理发的工作。上至98岁的老人，下至十几岁的孤儿，佟文岭细心记下每个人的理发日期，每隔一个月左右就为他们剃一次头。无儿无女的老人去世，佟文岭自愿为他们理发、理容、穿寿衣。

佟文岭家的邻居李广仁今年87岁，12年前因交通事故腿部残疾，无法外出，佟文岭每个月都会上门为他理发。“赶上刮风下雨他也会来。他头发理得好，人更好！”坐在轮椅上的李广仁说。

“他虽没有惊天壮举，但有润物无声的善行，感染着身边许多人，邻居们都很感谢他。”村医佟赞英这样评价佟文岭，“他老伴去世多年，孩子们在外工作，自己身体又不好，每顿饭都要吃5种药。一次因病住院，我陪了他6天，出院后身体仍很虚弱，我劝他别再给邻居们理发了，他却说只要身体能挺得住，就会坚持为大家理下去。”

e时代的邻里“人情味儿”

苏雁　许学建[1]

“我的车明天早上经过金鸡湖大道，谁搭车啊？”

“本周日晚上组织家庭影院，开始接受报名啦！”

6月1日晚8点30分，苏州工业园区湖东社区第五元素小区的业主QQ群里，充满浓厚的“人情味儿”。“通过QQ群等网络平台的熟识，如今，业主们已从虚拟走到现实，形成了关爱、分享、互助、欢乐的‘邻里文化’。”第五元素社区委员会主任朱惠贞说。

在钢筋混凝土时代，“门对门的遥远距离”是都市邻里关系的真实写照，可第五元素小区缘何其乐融融？苏州工业园区湖东社区党政办公室副主任唐冬云告诉记者，网络社区的打造，是核心

1　苏雁为光明日报记者，许学建为光明日报通讯员。

所在。"网络的交互性、快捷性，让兴趣爱好相投的群体，实现了信息交流、资源分享的便利，最终达到人际的互动。"

其实，建设网络社区，湖东也有些"无可奈何"，辖区内常住人口8.4万，其中，"新苏州人"占了大约70%，居民平均年龄33岁。"居民多为企业白领，白天工作就很忙了，哪来的闲情逸致去关注宣传栏、海报等传统信息平台？"

"现在，很多小区都有业主的QQ群，但要让它发挥作用，还得跟着居民的需求走。"朱惠贞告诉记者，当初，QQ群刚建好的时候，业主有几百人，但说话的不多。一次，我们在他们的交谈中发现，很多人对装修感兴趣。于是，社委会就策划了一次去上海宜家团购家居的活动。从那以后，居民们串门、相约出游就慢慢多了起来，QQ群也渐渐热闹了起来。

从2007年第一批业主入住至今，第五元素社委会的活动重心实现了从"装修——孕妇关怀——育儿"的转变，正好与业主生活的轨迹相一致。而通过线上线下的"串门"互动，小区内成功组建起了V5摄影小组、5S爱心维修队、"知心"心理咨询师团队等年轻志愿者组织，互帮互助，业主们相处得就像一家人。

“伴随着青年群体对移动客户端的热衷，社区已经打造起微信公众号网络社区平台，不仅设置了信息发布、社区活动报名等板块，还将推出志愿服务积分兑换制度。”朱惠贞告诉记者，以后，要是某个业主下水管坏了，便可在平台上发布维修需求，小区内有工具、懂维修的业主便可接单，发布需求的业主会以志愿积分的形式给予相应的回馈，而积分可到社委会换取实物奖励。“这样的模式，物质上的实惠虽然少，但邻里间熟悉了。”

“网络社区的搭建，使得居民更加便利地了解到社区的服务功能与社区文化，更容易让居民形成共鸣，从而从陌生到熟悉，从被动到主动，开始逐渐走出小家，来到社区大家。”在苏州工业园区社会管理局社区建设处副处长鲁晓辉看来，网络社区还有着更深一层的意义，能提升青年外来群体的幸福感和归属感，凝聚起五湖四海的年轻力量，为园区的持久发展提供坚实保障。

青年公社是园区首座流动人口居住小区，居住着120家大型企业的1.4万名员工，流动人口约占93%。来自陕西渭南的王雨是青年公社的一员。在三星集团上班的她，想自考本科，但是英语是她的薄弱项，又没时间上培训课。

“我对计算机比较在行，可以解决电脑的疑难杂症，看到公社的‘流动人口之家’QQ群里推出的技能交换项目，我便抱着试试看的想法在群里发了个消息。”让王雨没想到的是，一个消息瞬间激起了千层浪，众多“Q友”表示自己有一定的英语基础，可以帮助她，并推荐了若干不错的英语视听教材。“大家相处得好似认识多年的老友。平时，我还会做臊子面，邀请‘Q友’聚会解馋。”

“异乡人”的“一家情”

——记北京大兴林校路街道“社区邻里节”

张景华　白雪蕾[1]

“都说远亲不如近邻，大事小情都来分担，一路有你倾听诉说，一生有我不怕寂寞……”这首《一路有你一路有我》邻里主题歌，在北京市大兴区林校路街道社区一唱就是10年。“相识、相知、相助”的“社区邻里节”活动，让天南海北的异乡人在这里会聚成邻里一家亲。

新邻居的“朋友圈”

“下个月就要参加太极拳比赛，大家加紧练习。”5月28日，73岁的马玉文刚发出一条微信，

1　张景华、白雪蕾为光明日报记者。

朋友圈里就热闹了起来。

4年前，马玉文和老伴儿从河北邯郸搬至北京陪伴女儿，住在林校路街道办事处永华南里社区。“刚来北京的时候，谁都不熟，经常一个人在社区角落里打拳锻炼身体。”马玉文是杨氏太极拳第五代传人的弟子，习武20多年。经邻居的热情邀请，他带起了永华南里七星太极拳队，还在“社区邻里节”上做了表演。

同是4年前，大兴“土著”张金立，因房子拆迁和老马成了邻居。“拆迁以后家里的条件改善了，但心里总是空落落的。”在“邻里节”上看到老马的太极拳队表演，张金立很快加入其中并成了骨干。

如今，永华南里七星太极拳队伍已发展到50余人，上到70多岁的老人，下到13岁的孩子，每日清晨6点练拳，风雨无阻。共同的爱好拉近了来自天南地北的新老居民，让邻里有了“一家人”的氛围。

“‘社区邻里节’不仅帮我找到了‘组织’，还圆了我多年的一个梦。”张金立从小爱收藏老物件，还擅长摄影，家里珍藏着十几份从乾隆年间到新中国成立后的老地契，2014年“邻里节”期间，街道、社区帮他举办了“晒家风、展家史、讲故事”活动，他把压箱底的老照片、老物件都拿了出来，向邻居讲述了自己的家风故事。

老街坊的“邻里情”

林校路街道工委书记张帆告诉记者，随着北京城南计划的实施，大兴城市社区里不仅多了拆迁进城的农民，也多了从外地进京的新市民。

“居民的生活条件改善了，票子、房子、车子有了，但邻里间的沟通交流少了。社区里打麻将、扯闲话的不少，邻里之间关系冷漠。”张帆感慨道。

社区独居老人忘带钥匙，邻里之间不认识，无人敢开门；搬迁进入社区的大爷过惯了农村生活，在家里养大狼狗，引起不少纠纷。面对这些琐碎小事，街道、社区使出浑身解数调解，效果并不好。

一次社区工作会后，街道负责人忽然问大家：“你们都知道自家楼上楼下住的是谁吗？”在场的居民纷纷摇头。想要社区和谐，首先要邻里和谐。于是，从2006年开始，林校路街道工委开始在各社区举办“社区邻里节”活动。

免费保洁服务、义务送货上门、爱心捐款捐

物……连续10年举办的邻里节，让居民纷纷走出小家庭，融入新社区。

建兴社区居民师广学，爱好文艺，经常在“邻里节”上表演相声、小品等节目，和邻居们关系相处融洽。最近，老旧小区改造，很多居民都到外面租房，为了不影响换窗户、改管道等施工，邻居们都放心地将钥匙交给他保管。“邻里节”倡导的“咫尺睦邻、守望相助”的传统美德，让来自五湖四海的人们，在钢筋水泥的城市中建立起乡情关系。

社区文化“聚人心”

笔墨丹青，把邻里情谊融入书画中；以诗会友，在原创诗歌中颂扬传统文化；环保科普，用科技创意展示区域优势；爱好灯谜，自发成立北京首家社区谜社……义和庄东里的端午诗会、永华南里的灯谜大赛、义和庄南里的美食文化节、车站南里的摄影展等活动层出不穷。

如今，“社区邻里节”已成为林校路街道工委贯穿全年的系列活动。“一区一品”，每个社区都有自己独具特色的文化品牌，街道、社区每年开展活动50余场，参与人数两万多人次，带动了各社区合唱团、交谊舞队、秧歌队、太极拳队、模特队、楹联社、诗词社、小剧团、书法绘画小组等近60支文体队伍的建设。

“社区邻里节”唱主角的是居民。“当初为动员居民参与，我们还以党员小组、楼门院、社区为单位进行动员。如今各种文艺、体育、表彰项目大家都争着参选。”林校路街道兴华南里社区居委会主任高俊茹说，“如今社区居民都热情参与、积极奉献，以前的工作难题都迎刃而解。”

“‘社区邻里节’就像一座桥梁，把居民的故乡文化、传统文化、民俗文化和现代文化相融合，塑造成城市社区的新型邻里文化，增强了居民对社区的归属感和认同感。”张帆说。

10年来，林校路街道共有641个集体和个人获得表彰。通过榜样引领，每个社区都建立了特色志愿服务团队，常年开展环境卫生整治、扶老助困、安全巡查等多项志愿服务，林校路街道也连续7年被评为首都文明街道。

用志愿精神勾画美好晚年

——记江苏南京玄武区锁金村老年志愿服务队

郑晋鸣　徐雪莹[1]

“小朋友们看，把纸翻过来再这样剪两刀，窗花就剪好了。”在江苏南京玄武区锁金村邻里中心，退休教师戎菊芳正在教社区孩子剪纸。只见小朋友们端坐桌前，一笔一画在纸上画，神情非常专注。

在这个被誉为南京“幸福第一街”的锁金村街道，有一支特殊的志愿服务队伍，戎菊芳正是其中的一员。多年来，锁金村的老人投身社区公益服务，先后成立银发互助公社、“金手杖”社区平安志愿者队，在服务他人与社会中享受美好晚年。

1　郑晋鸣为光明日报记者，徐雪莹为光明日报通讯员。

一场结对帮扶的互助养老

2010年，社会频发独居老人去世家中却无人知晓的惨剧，引起了锁金村第三社区居委会重视。锁三社区中独居老人多达200余人，如何让他们得到更多关怀，成为社区一大难题。

“老年居民占社区人口的30%，为什么不让老人互帮互助呢？”锁三社区主任朱丽玲说。于是，一个低龄老人帮助高龄老人、健康老人帮助体弱多病和生活失能老人的组织诞生了，它有个温馨的名字——“银发互助公社”。

三年前，锁三社区83岁老人邵石的两个儿子相继去世，白发人送黑发人的悲痛打破了老人原本安逸的晚年生活。年老多病的他只能靠捡拾废品勉强度日。隔壁58岁的马慧芳得知后，主动与邵石结成帮扶对子。“除了捐钱捐物，还为老人做饭、洗澡、收拾房间。”马慧芳对老人无微不至的照顾，引来邻里的赞扬。

“老来为邻，能够相互扶持，是一件快乐的事。”马慧芳诚挚的话语中，表露出锁金村老人间深厚的情谊，更道出了锁金村社区文化中“里仁为美，睦乃四邻”的精神。

一支“特殊”的巡逻队伍

每天定点巡逻、查看视频监控、提醒居民防火防盗……居住在锁金村的居民都知道，街道有一支特殊的巡逻队伍——“金手杖”巡逻队。巡逻队的志愿者都是退休在家的老年人，他们每天起早贪黑，维护小区治安。

去年8月的一天，大雨倾盆，60岁的志愿者黄汉兰照常巡逻。“巡查到锁金五村时，我发现有个女子赤着脚，走路样子也不太对劲儿。”黄汉兰说，就在她为这名女子打伞时，突然发现她浑身都是血，黄汉兰立刻把她送往医院。原来，这名女子因与丈夫起争执，一时想不开起了轻生的念头。黄汉兰和志愿者一遍遍地开导她，最后把她安全送回了家。

“金手杖”巡逻队的志愿者也是社区安全的护卫者。只要有陌生人进入社区，巡逻队立刻会提高警惕。

“锁金村有七个社区，每个社区都有这样的老年志愿者团队。”锁五社区主任达敏说，在志愿服务中，老人们服务了街坊四邻，也给自身带来了快乐与活力，这种“是亲必顾，是邻必护”的传统美德，已经成为锁金村独特的文化名片。

一种助人乐己的志愿精神

在锁金村，邻里中心永远是最热闹的地方。2012年，为打造“民俗文化艺术社区”，锁金村特意聘请民俗手工专家教居民做民俗手工艺品，每周一次，在半年时间里，不少老人学到了剪纸、泥人等手艺，还自愿当起了传授技艺的老师。邻里中心的展台里放满了剪纸、烙画、泥人等手工艺品。朱丽玲告诉记者，邻里中心的活动大多是由老人策划组织。“他们发挥余热，给全街道的居民带来了轻松与快乐。”

老人们无私奉献的助人精神感召着每一位社区居民见贤思齐，进取向上。抗癌22年的社区居民汤小霞建立“小霞癌友康复驿站”，帮助癌友走出阴霾，重拾生活信心；社区“红十字志愿者”常年组织献血活动；锁金村周边南京林业大学学子举办“手拉手”绿色夏令营活动，带领锁金村外来工子女体验大学生活。

“锦上添花不觉美，助人为乐众称羡”，邻里间的关心友爱，在这些老年志愿者身上体现得淋漓尽致。

为城市留住“大杂院的笑声”

——重庆市渝中区着力打造“邻里如亲”社区文化

张国圣　李宏[1]

伴随着城市的现代化进程，过去“同一大门内、同一屋檐下”的大杂院，换成了私密性更强的居住空间；几十年不变知根知底的“老街坊”，变成了来来去去流动性更大的左邻右舍。现代化的城市改善了人们的物质生活环境，能不能同时也留住“大杂院的笑声”？重庆市渝中区用“邻里如亲”的社区文化，焐热了那些不断成长的“水泥森林”。

1　张国圣为光明日报记者，李宏为光明日报通讯员。

把“陌生的楼宇”变成“熟人的社区”

5月20日，是渝中区人大立法确定的“邻居节”。今年以“幸福社区，志愿同行”为主题的邻居节暨志愿服务活动周，全区11个街道77个社区共设计了“最美好邻居”龙门阵、“幸福渝中携手同行”集体婚礼、“奔跑吧邻居”渝中社区厨艺大比拼三大主题活动和爷爷奶奶的金婚故事、爱心捐赠等90多场邻里活动。

在“最美好邻居”龙门阵上，听着歌曲《幸福社区好近邻》和快板书《幸福社区万年长》，大溪沟建设路小区67岁的张树贵不住地点头。“几十年前，我们在镇上住的是土坯房，左邻右舍见了面总是热热乎乎。后来搬到城里住了楼房，生活好是好了，但邻居之间基本上不往来，见了面名字都叫不出，确实有点难受。”张树贵说，“‘远亲不如近邻’，话是老话，理是新理。”

先打开房门，才能慢慢敞开“心门”。10多年前，渝中区尝试通过开展“敲门日”、邻里茶话会、楼栋谈心会、互换书籍会、百家宴等活动，吸引社区居民相聚相识、互敬互助。区里还在社区海选的基础上，连续10多年评选敬老爱老之星、助人为乐之星等年度“邻里之星”。“陌生的楼宇”变成了“熟人的社区”，张树贵这样的老住户找回了“热热乎乎”的感觉，更多的新居民也感受到了城市的温暖。

被动“参加”变成主动“参与”

渝中区鼓励各街道按照“一街一品牌”自己设计邻居节的活动。通过集思广益，石油路街道有了“石头桌子”大碗茶话会，大溪沟街道总结了“十必敲”敲门法，大坪街道办起了“心连心”社区贴吧，朝天门街道开展了“夸夸我的好邻居”讲故事比赛，上清寺街道布置了“家庭手工秀作品展”。每年的邻居节，都有“邻里餐桌”“邻里趣味运动会”“晒晒全家福”等近百项趣味活动，让居民沉浸在“过节”的快乐之中。

2012年以来的四届邻居节，渝中区共举办各类活动1000多场，近80万人次参与。在居民广泛参与的基础上，区委区政府又适时推出了邻里学、邻里情、邻里帮、邻里安、邻里乐、邻里颂六大主题活动，从生活的细节入手让疏远的邻里亲近起来。

十多年温暖的感召和传递，使越来越多的居

民从冷眼“旁观”、被动“参加”变成了主动“参与”。现在的渝中，每个社区都有志愿者队伍定期为居民提供便民维修、医疗卫生和综治法律等上门服务。一些社区的居民也自发组建了“幸福找茬队”“社区红袖章”、文明劝导队，将参与社区建设当成了自己生活的一部分。

“邻居节很好地营造了与邻为善、与邻为亲、与邻为德、与邻为乐的邻里文明氛围，并逐步形成了渝中独特的睦邻文化。”渝中区委常委、宣传部部长何积光说，为增强居民对睦邻文化的认同度和亲合度，区委区政府面向全国征集到了邻居节主题歌《幸福社区好近邻》，全区各个社区都制定了《邻里守则》，既注重发展熟人基础上的睦邻关系，又倡导陌生人之间的“邻里自觉”；区里还通过“微故事”演绎市井生活的“酸甜苦辣”，用“微视频”传递暖城之举唤醒平凡的感动，用“微话题”探索道德建设提升市民文明修养，这些活动都赢得了广泛参与，其中微电影大赛吸引了全国2.7亿人次参与和关注，让文明和谐之音传遍了城市的大街小巷。

“钥匙阿姨”兰长燕：用诚心打开邻里心窗

龚亮　沈晨叶[1]

大宅院变成了小高楼，“大家”变成了“小家”，如今，我们的生活条件改善了，邻里关系却冷淡了。但在天津市和平区新兴北里社区，有这样一个人，她用自己的诚心换取别人的信任，打破了邻里关系的坚冰。她就是新兴北里社区的志愿者兰长燕，一位为街坊邻居保管了24把家里钥匙的“钥匙阿姨”。

2001年兰长燕刚退休时，心脏和胃都不太好，经常到医院吸氧，可大家推举她当楼长这事她并没有拒绝。

“一个奔70岁的人，干不了惊天动地的大事，我就做些力所能及的小事吧。人老了，总觉得时

1　龚亮为光明日报记者，沈晨叶为光明日报通讯员。

间不够用，每天为社区、为邻居提供点儿方便、带去点儿乐趣，只要他们满意，我就高兴。”兰长燕说。

为了尽快与大家熟悉，兰长燕从入户走访开始，主动向大家介绍自己。24户、83位居民，她把每个人的姓名、出生年月、文化程度、工作单位、联系电话等记在了本子上，为楼门建立了一个小档案。“这样，我就心中有数了、慢慢熟悉了。现在谁家老人过生日，谁本命年，我都会去问候一下。谁家老人发烧，我送去包子、小米粥。”兰长燕怀着朴实的愿望，跨出了打开邻里心窗的第一步。

兰长燕告诉记者，在楼门里，她承包了扫楼道、扫雪，收缴清洁费、楼道灯费等工作。“大家对我都非常好、非常支持我，常常听到的两句话就是‘谢谢’‘您累不累？’我听了心里非常感动。我觉得，这也是我坚持当好楼长的动力。”

一日，由于要去孩子家住一段日子，住在二楼的杨女士把家里唯一的一把钥匙交给了兰长燕，请她帮忙照看自己的家。没想到杨女士刚走，家里就跑水了。一楼的屋顶漏得厉害，上二楼敲门没人回应，就跑到兰长燕家想办法。兰长燕拿着那把钥匙打开了她家的门，水已经溢满楼道，厕所堵塞冒出来的污水散发着恶臭。兰长燕二话没说，蹚着水挽起袖口跟着淘起水来，整整花了3个小时才把屋子收拾干净。

2004年的一天，楼里更换旧水表、水管，每户需要留人。楼里的邻居有的单位忙离不开，有的要出差，有的老人病了需要到医院照顾，还有的要去接孩子。“一下子我就收到了6把钥匙。他们说‘兰姨您受累帮我们照看一下’，当时我也没考虑，就是觉得别人把整个家都交给自己，是对自己的信任，一定帮着人家把水管换好。”于是，兰长燕一户一户地跟着，锁上这户、打开那户，这一天上来下去，跑了几十趟，直到晚上10点半才完事。

随着时间的增加，兰长燕抽屉里的钥匙很快从一把增加到24把。冬天扫清积雪，夏天揭除广告，春天编养生歌，秋天织毛手套。她静静地守护着这个社区，守护着这个楼里的家家户户。

“14年了，我逐渐爱上了这个工作，如果说楼长的‘职务’是一个支点，我愿意用这个支点撬动每一颗心。”兰长燕说。

“合肥好邻居”刘光友：五年如一日照顾智障三兄弟

李陈续[1]

今年57岁的刘光友，是安徽省合肥市包河区骆岗街道包河花园社区的普通居民。他五年如一日义务照顾智障三兄弟的故事，感动了这座城市——今年3月，刘光友登上了“中国好人榜”。

包河花园社区，是一个回迁复建的住宅小区。搬入新家的刘光友和一个四口之家成了邻居。这是一个特殊的家庭：一位老父亲带着三个智障的儿子。虽然三个孩子都是40岁左右，但是生活还要依靠老人照顾。

五年前，邻居家的老人因病去世。只剩下45岁的老大徐云中带着42岁的二弟、37岁的三弟。兄弟三人的智力发育都只有10岁左右的水平，没有人照料，三兄弟吃饭都成了问题。“他们的母亲

1　李陈续为光明日报记者。

在十多年前过世，父亲也走了，三兄弟日子实在不好过，作为老邻居，我就去帮一把。”刘光友毅然担负起照顾三个“孩子”的任务。从此，每天都要去三兄弟家中看看，无论刮风下雨，不管有事没事，从未缺席。

“二哥来了，快开门！”每当刘光友的身影出现在楼下，三兄弟就欢呼起来，争相给他开门。刘光友说，照顾时间长了，这三兄弟对自己感情越来越深。现在，只要在走的时候告诉他们明天还来，第二天一早他们肯定眼巴巴地趴在自家阳台上，等着他的身影出现。

“2012年6月28日，两套衣服，两双拖鞋共120元。2013年7月31日，1.2米床一个，价值200元。凉席3床，单价25元合计75元，共支出275元。”翻开刘光友的账本，只见工工整整地记着每天的开支。只有小学水平的刘光友，记起账来极其认真，生怕出错。三兄弟有最低生活费，怕三人乱花钱，刘光友义务当起了他们的财务把关人，准备了一个小本子，记录着他们每天的生活开支。老大有时自己买菜，为防止摊贩缺斤少两，刘光友还特意跑到卖肉的摊贩那叮嘱，不准卖给他们坏肉，更不能缺斤少两。老二突然患了胆囊炎。老刘在与社区沟通后，急忙带着老二去医院就诊。在老二住院输液的几天里，刘光友一边照顾他，一边看护老大和老三。

与三兄弟相处，刘光友有自己的方法。“他们就像十来岁的孩子，我要尽量培养他们的自理能力。”几年来，刘光友既是保姆，更是家长。他不刻意把菜做好给三兄弟吃，也不会每天把家里打扫干净，更不会帮他们洗衣服，而是站在一旁，告诉三兄弟菜怎么炒，地怎么拖，洗澡要放多少水……

如今，在刘光友的帮助下，三兄弟尤其是老大的生活自理能力有了很大提高，已经会做一些简单的素菜，还会帮助兄弟洗衣服，日常照顾自己和两个弟弟不在话下。刘光友还是不放心，怕有什么突发的事情三兄弟处理不好，他还有新的打算：“我准备再给他们装个电话，这样可以随时打电话知道他们的状况。”

2014年，在背后一直默默支持刘光友公益行为的妻子任成云，被查出患有胃癌，整个胃被全部切除，治疗费就花去了十几万元。刘光友每天既要照顾老伴儿，又要照顾三兄弟。谈到以后，刘光友说，无论家庭会遇到如何的变故，只要自己身体还能动，就会一直把三兄弟照顾下去："现在我都习惯了，哪天见不到三兄弟，就觉得心里少了点什么。"

《崔乡纪事》诞生记

李亚彬[1]

最近，老科学家张兴铃上了一回“头条”。不过，这个头条既不是电视的，也不是报纸的，而是他老家河北省武邑县清凉店镇崔乡村的“村志”的头条。

张兴铃，1921年10月生，中国科学院院士、金属材料学专家、金属物理学家、两弹功臣，现任中国工程物理研究院专家委员会委员，先后获得国家自然科学奖一等奖、国家科学技术进步奖特等奖。

崔乡村“村志”的主创叫赵金山，69岁，也是崔乡村人，退休前任河北省社会科学院副院长。聊起他们的“村志”，老赵掩盖不住心中的激动和自豪，就像说自己的孩子一样。

---

1 李亚彬为光明日报记者。

今年春节后，老赵被拉进了“崔乡老乡”微信群。入群一看，里面除了村里人，多数是在外工作的同村老乡，本省有衡水、石家庄的，外省有北京、天津、河南、贵州的，遍布全国各地。让老赵兴奋不已的是，大科学家张兴铃也是同村人。

在群里，大家谈工作谈家庭，当医生的说保健，在公安部门工作的讲安全常识，在同一个城市生活的年轻人还约着聚会。有人提议，与其闲聊，不如把聊的事记下来，编成书。这个创意得到很多人赞同。

这下，老赵高兴坏了。原来，20多年前他就有写一本村志的想法，当时因为工作忙搁下了。退休后，因资料难以收集，这事未能如愿。现在有了微信，又有这么多热心人，老赵当然高兴了。

老乡们虽然天南海北、各自东西，在网络空间却是天涯若比邻。大家商议成立了编委会，衡水中学退休教师张全生自告奋勇当主任，河北经贸大学退休干部张书站负责策划，老赵的职务是编辑顾问，负责统筹协调。

大家的积极性很高，有的采访，有的收集资料，有的执笔写作。

张书站把专门去北京拜访张兴铃院士的情况

写成《张兴钤院士访问记》。张全生看望了在衡水老年公寓休养的90岁的孙秀根，拜访了离休老干部常福全，不仅为写作提供了材料，而且勾起在外几十年的老人对家乡的思念，使他们感受到浓浓的乡情。

今年春天，村里一位80岁的聋哑人去世了，大家纷纷在网上悼念，回忆他生前做的善事。张全生发了挽联："终生无言，博来交口颂赞；身后有誉，赢得乡邻追思。"这以后，有村里人去世，群里都会自发举行悼念，寄托哀思。

80岁的张孟春是群里年龄最大的，现居贵州省兴义市。他讲了很多当年日本侵略者烧杀抢掠的事，成为《日本鬼子的暴行》中的内容。《53年整党纪实》中有1953年村党支部的原始材料，包括自我检查、小组结论、支部结论等。《合作化道路》根据搜集到的高级农业生产合作社"先声社"1956—1957年的档案，介绍了这个当时全县先进、省里有名的合作社的情况。《一个老将军的晚年生活》中的"老将军"叫张宝林，他幼读私塾，保定军校毕业后在国民革命军任职，官至军参谋长，新中国成立前夕起义投诚，后转至地方工作，晚年回到村里生活直至病故。还有《老两口吵架》

《冰窟救人好青年》《农民书法家》《崔乡村出了新鲜事》，说的都是老百姓身边的事。

一次，老赵把一篇稿子错发到“大学同学”群里，赶紧要求删掉。大家说：删什么呀，挺好的！于是，他在这个群里介绍了一下他们编书的情况，还秀了部分成果。有人发言：“看了你们的书稿，颠覆了我对农村落后的看法。”

群里一有文章出来，大家纷纷评论、跟帖。不到一个月，就征集了几十篇文章。

给书起个什么名字？这叫大家犯了难。有人提议叫“崔乡村志”，有人认为这个名字太大了，不如叫“崔乡村的故事”，有人说这个名字窄了点。经过反复讨论，多数人认为叫“崔乡纪事”好。于是，“崔乡纪事”就成了崔乡村“村志”的大号。

书的责任编辑张素英介绍，这本书正文分为四部分：第一部分是“崔乡兴铃”，专门讲述张兴铃院士的事迹；第二部分是“乡土乡情”，写村里的大事；第三部分是“故乡拾萃”，主要是一些趣事；第四部分“乡友音讯”写在外工作的崔乡人情况。还有一部分叫“回音壁”，收集各方对这本书的反映。书已经成形，用电子版形式传到了微信群里。

记者看到，这本书讲述的都是乡亲的新闻旧事、村里的人情风物，有文章、诗歌、快板、歌曲，还有印章、照片。苦难和欢乐，忧愁和达观，执着和韧劲——一个村百年的变迁，在这里浓缩、定格。这分明是我们的国家、我们的人民守望相助、乐观生活、奋力前行的“微历史”呀！

老赵告诉记者，“永无定稿”是这本书的最大特点，内容随时补充、更新，每隔一段时间上传一个新版本。正如书的后记所说：“《崔乡纪事》是历史记录的一个过程，历史没有结束，《纪事》就没有定稿。我们只是崔乡历史中的过客，只能记录崔乡的昨天和今天，崔乡的明天要靠我们的后代去续写。”

现在，“崔乡老乡”群还在扩大。很多崔乡人的故事在微信里转发，很多人知道有个“崔乡老乡”群，写了本《崔乡纪事》。

让我们祝福崔乡村和崔乡人吧。

友善像花儿一样

——湖南商学院大学生肖霞照顾邻居、远征军遗孀的故事

唐湘岳　巢进文　刘军[1]

“来，再吃一点儿鸡肉。”肖霞把鸡腿去掉骨头，撕成小块，送到蒋冬姣嘴边。

百岁老人蒋冬姣，家住湖南省新宁县增桥村。湖南商学院大学生肖霞与蒋冬姣老人是邻居。从小时候帮着挑水、捡柴、做家务，到长大了为老人做寿、按月支付赡养费，肖霞坚持了18年。

橘子花开 友善是家乡的味道

肖霞的父母长期在广东打工。1991年在广东出生，两岁不到就被送到外婆家新宁县增桥村，

1　唐湘岳为光明日报记者，巢进文、刘军为光明日报通讯员。

肖霞成了留守儿童。

外婆家是一栋土坯房。出后院走50米，孤零零立着一栋老房子，一位老人正挨着门槛晒太阳，“婆婆，我是细砣，我回来看你啦。”喊了三四声，老人回过神来，哆嗦着抓住肖霞的手，一边念叨着细砣细砣，一边流眼泪。

蒋冬姣是抗日老兵肖盛林的遗孀，村里唯一的百岁老人，18年前，她唯一的亲人——丈夫肖盛林去世，她将房子和宅基地抵押，当了4000元钱作丧葬费。“老肖走了，房子卖了，没人依靠又赚不到钱，以后的日子怎么过呀？”6岁的肖霞时常听婆婆这样诉说。

“婆婆看着我长大，就像我的亲人，我要帮她把日子过好。”首先是帮忙打水。蒋婆婆家没井，只能来外婆家打水喝，她年纪大，背又驼，每次只能打一小桶，走三步歇两步。肖霞和姐姐很快就承担起这个任务，当时还没用自来水，要通过“手摇”把水从地下压上来，姐妹俩手上没力，只能让整个身体悬空，靠体重一点一点往下压，每次取小半桶水，用小扁担踉踉跄跄抬过去。除了打水，姐妹俩还帮婆婆捡柴、摘菜、打扫卫生。

后来村小合并，上学路远，没那么多时间帮力气活，肖霞就把早餐钱省下来，接济蒋婆婆，有时五毛一块，有时五块十块。

有人问肖霞："是外婆对你好些，还是蒋婆婆对你好些？"

"外婆。"

"那你省下的钱为什么给蒋婆婆，不给外婆呢？"

"外婆有妈妈和舅舅，蒋婆婆什么都没有了呀！"

外婆在一旁听着，夸奖说："这孩子心善，有出息。"

肖霞告诉记者："前两天，我还梦见了外婆，橘子树开花了，蒋婆婆和外婆都坐在树底下，还像以前那样忙活着，看着我笑呢。"

"肖霞身上体现了中华传统美德，那就是以人为本、以善为本，不管社会如何变化，个人如何发展，'根本'不能丢，我们要大力弘扬这种'不忘本'的友善精神，让友善之心常在，友善之花常开。"湖南商学院院长陈晓红评价说。

玉兰花开 友善是青春的步伐

2007年，肖霞考上了新宁一中，要离开小山村，走向外面的世界。

“孙女，你不会不要我了吧？”蒋婆婆问。

“不会，我放假就回来看您，我还要回来给您做百岁大寿呢！”肖霞答。

读高中时，肖霞每个月大约有300元生活费，省出50元，当成婆婆的伙食费。这一年，肖霞还递交了入党申请书。“个人的力量是有限的。我外公、爷爷、舅舅还有伯伯都是党员，我从小看他们带着乡亲修路、修桥、挖水渠，我觉得做一个党员，就可以带领更多人，帮别人解决困难。”

2010年，肖霞考入湖南商学院北津学院，入学不久就担任学院第八党支部小组长，负责工商管理专业大一到大三的党员发展、入党培训工作。

2011年，肖霞参军入伍，成为广州军区司令部一名女兵。入伍后，每个月有580元生活补贴，肖霞便每月拿出200元寄给蒋婆婆做赡养费，至今已累计8200元，“婆婆年纪更大了，我不能常常回去，只能这样帮她”。

2013年，学校给肖霞退了两年的参军学费补偿，共计1.2万元，肖霞想起自己班上的同学很快就大四，要准备实习找工作，用钱的地方太多，她决定把这笔补偿费捐出去。

贺明斌是班长："肖霞打电话给我，说有1.2万元钱要捐，帮忙找几个家境困难的同学。我当时不敢相信。肖霞不属于'有钱人'，这不是小钱。我反复问她想好没有，她说想好了。班上专门成立了评定小组，征求辅导员老师意见后，在本班选了4个同学，邻班选了两个同学，每人资助2000元，有两位同学只肯收1000元。于是剩下2000元，肖霞捐给了家乡一位贫困学生。"

如今，肖霞已回到学校，编入新的班级，于是她有了两班同学，双份友谊。五月的大学校园开满洁白的玉兰花。漫步林荫道上，肖霞很是喜欢："我们在飘着玉兰花香的校园，感受着青春的活力，纯真的友谊。"

木棉花开 友善是责任的升华

5月8日，湖南商学院举行了一场先进事迹汇报会，肖霞第一个上台演讲："部队磨炼了我，让我更加坚定沉着，充满使命感和责任感。"

肖霞是单位第一批女公务兵，三年来她兢兢

业业，尽职尽责，获得了“优秀士兵”称号。“自己好，还要大家好。”小陈比肖霞晚一年到连队，也是大学生女兵，因不适应军营和学校在管理方式上的转变，喜欢独来独往，与战友关系不融洽。肖霞想帮助她，采用了写信的法子，晚上写好，早上交到小陈手上，第二天，被子底下就会收到回信。这种鸿雁传书的方式维持了几个月，小陈变得开朗，成长为一名合格女兵。

军营周围的花很好看，战友告诉肖霞，那是木棉花，也叫“英雄花”。

肖霞说：“作为一名党员，我也要做一株木棉花，扎根地下，绽放天空，敢于承担和奉献。到部队没多久，我外婆去世了，我记得外婆跟我和姐姐说的话，‘大砣、细砣，做人首先要和别人合得来，你对别人好，别人也会对你好。有了事业，才有能力帮别人。’外婆生前对蒋婆婆好，我也会一直对蒋婆婆好。我父亲承担了村里所有孤寡老人的水电费，修建了公共停车场，一共资助了3名大学生共4.2万元直到毕业。还有我舅妈吕小红，自从我读高中离开家，就是舅妈在照顾蒋婆婆。尤其是这几年，蒋婆婆完全失去生活自理能力，舅妈除了自己家里的活，还要给婆婆端茶送饭，一天三餐不间断。”

2014年，肖霞退伍了，她特意找到了蒋冬姣的户口本。“到2015年，婆婆虚岁100，村里还没有百岁老人，我要让婆婆开心一下。”肖霞说。

2015年1月9日，婆婆的百岁宴在村里举行，村里的党员干部和60岁以上的老人都被肖霞邀请前来赴宴，不收礼金，花费共4500元，由肖霞和爸爸共同承担。

如今，照顾蒋婆婆，成了全村人共同的工作。村民冷国姣的菜园紧挨着蒋冬姣家，每次摘蔬菜，总要给老人送上一份；村民唐叶彩干农活时经过蒋冬姣家，总要大声喊她一句，如果没有回应，就进屋看到老人无恙再离开。

“爱国是根，敬业是干，诚信是叶，友善是花。90后肖霞通过十几年如一日的价值实践，在自己心里开满了友善之花，在他人心里栽下了友善之花，心有余香，香远益清。”湖南商学院党委书记王汉青说。

邻里文化专家谈

『亲仁善邻，国之宝也』。在乡土中国，长期而稳定的邻里关系成为仅次于血缘关系的人际交往关系，它不仅承担着和谐乡里的职责，也在一定程度上具备治国与理政的功能。

论中国古代邻里关系及其道德调节传统

肖群忠[1]

乡村中国的传统社会决定了邻里关系是传统中国的一种重要人伦关系，那么，传统邻里关系具有什么样的特点和社会功能？中国传统道德文化是如何重视用道德的方式调节处理邻里关系？其邻里价值观和道德观是如何的？相信这些问题的探究讨论不仅具有学术认识价值，而且对于我们处理当代变化了的邻里关系也会提供借鉴。

一

所谓邻里，据《周礼·地官司徒》载："五家为邻，五邻为里"。再广而言之，也指家乡所在乡里，如一个村落。乡里关系包括同乡关系和

1　肖群忠为中国人民大学教授。

邻里关系，是一种以地域关系为基础的人际关系。“美不美，乡中水；亲不亲，故乡人。割不断的亲，离不开的邻。”至于这个地缘关系范围的大小，在我国历史上的不同文献中有大同小异的不同规定和说法。如《尚书 大传》卷二说：“古八家而为邻，三邻而为朋，三朋而为里，五里而为邑，十邑而为都，十都而为师，州十有二师焉。”隋朝开皇九年(589)二月，“制五百家为乡，正一人；百家为里，长一人”(《隋书·高祖纪》)。到唐代，“百户为里，五里为乡。四家为邻，五家为保。在邑居者 为坊，在田野者为村。村坊邻里，递相督察”(《旧唐书·食货志》)。宋代朱熹在其《四书集注·论语集注》中又说：“五家为邻，二十五家为里，万二千五百家为乡，五百家为党。”这些不同的说法，对邻的范围看来都固定在四到八家的相邻关系中，而里、乡等不仅是人们因居住而产生的地缘关系，而且是一种基层组织单位，因此，在不同的朝代，其规定大小不 同也是理在情中。我们本文讨论的邻里关系是在比邻而居的狭义和同居乡里(现代则称为社区)的广义上讨论的。

传统邻里关系在我们看来具有如下一些特点：

第一，邻里关系是以农业社会和乡村中国为背景的。由于传统中国人绝大部分人生活在农村，邻里关系主要发生在乡村社会，虽然不能说传统社会就没有城市邻里关系，但 当时大部分人生活在乡村，从而也才有守望相助的需要。而生活在城邑中的达官贵人及商人，其安全保护则因有政府的力量而不需要借助民间的力量。

第二，邻里关系大多与家族关系密切相连，并受到家族文化精神的影响。由于传统中国社会具有聚族而居的特点，因此，某些村落本身就是一个大家族，如刘家湾、马家坡、王家沟、林杨村等。尽管也有一些杂姓村落，但由于中国社会是一个家族社会，邻里关系的文化精神则是天下一家、视邻若亲。从社会学的角度看，邻里之间并非仅仅呈现为空间位置上的彼此并存，作为一种社会联系的形式，邻里关系乃是通过家庭成员之间的交往而建立起来的，它在某种意义上可以看作是家庭关系的外在延伸。由于当时人们的交往关系首先是血缘和姻缘，当时地缘关系的空间范围都很小，这是因为血缘关系不是同族居于一村，也是相距不远，族亲姻亲亦然。

第三，邻里关系是一种熟人关系和熟人社会。

这是因为不仅同宗同族本身就是亲人，从而自然也是熟人，即便是不同宗族，由于当时人们的观念是安土重迁，迁徙意识很弱，联系较为稳固，在自然经济为主导的社会，由于社会的闭塞，再加之官府的户籍管制，人们往往世代居住一方，很多都是宗族聚居，即便是杂居，也多世代为邻。这种长期稳定的交往关系成为仅次于血缘关系的人际交往关系。这更加强化了这种熟人社会的邻里关系，人们就更加有修好邻里关系的强烈愿望和内在需求。这就是我们所说的“亲不亲，故乡人”，也就是说不管是不是同宗同族的人，仅凭是邻里乡亲，这已经够亲了，已经具有守望相助、和睦相处的充分价值理由了。

第四，传统邻里关系承载了更多的社会功能和作用。由于传统邻里关系不仅是百姓因居住在一起而产生的日常交往关系，而且还是传统社会政治治理的基层组织，因此，它承载着更多的社会功能，具有更重要的社会作用。这种社会功能按隋唐政府推行的乡里制或邻里制，乡里的重要功能在于组织亲邻纳税应役及维持社会治安。唐代以乡里为单位的邻里，在发生抢劫、侵犯等治安事件时，负有互相救助的法律义务，而且邻里之间对于发生治安、违法事件负有连带责任。对于国家财政而言，乡里组织更重要的功能在于组织和帮助亲邻履行纳税应役的义务。唐代法令规定："里正及官司妄脱漏增减以出入课役，赃重入己者，以枉法论。"(《唐律疏议·名例》)在隋唐五代时期，亲邻的经济互助也是家族邻里关系的重要社会功能。这种经济互助，主要是养老、待寡、抚孤、济贫、让财、散财、担保等方面，尤其是提倡和表彰财力较强者履行经济互助义务。

第五，传统邻里关系还受到地方性的、宗族性的乡村治理模式和乡规民约的影响。由于传统社会邻里关系不仅是人们的一种生活居住关系，而且还承担着诸多政治、法律、经济功能，因此，一个村落和地区的邻里关系是否良好，关系到该地区的民众教化，也就是说传统邻里关系是不是良好，是不是敦厚美善、和睦稳定，体现出当时社会的精神文明和社会文明程度。因此，历代治理者上至皇帝下至地方官员，甚至一些大思想家兼官僚都非常关心乡规民约的制定和落实，如明代大思想家王阳明就是这方面的一个典型。

二

由于传统邻里关系具有如上特点和作用，我国传统文化历来注重邻里关系的道德调节。早在儒家经典《左传·隐公六年》中就有言："亲仁善邻，国之宝也。"把善邻看作是国家之宝，这从政治治理的角度把善邻提到了一个很高的地位，政治治理要达到一个良序和谐社会，自然离不开百姓居住生活共同体的和睦相处。《左传·僖公十三年》："救灾恤邻，道也。行道有福。"这又把恤邻即守望相助看作是人间正道，而行道之人必有厚福，这种认识也是有相当高度的。

古人不仅认识到邻里关系的重要性，而且还认识到，邻里关系虽然也离不开政治甚至法律手段调节，但作为百姓的一种日常性生活关系，其调节主要要依靠道德来进行。《大戴礼记·曾子立事》："君子义则有常，善则有邻。"这就是说只有人们按照道德去行事，必然会善处邻里，也能得邻睦邻。这种意思，孔子在《论语》中表达得更加明确，《论语·里仁》："子曰：德不孤，必有邻。"按朱熹《四书集注·论语集注》的解释："邻，犹亲也。德不孤立，必以类应。故有德者，必有其类从之，如居之有邻也。"这首先是说，德是不孤立的，如同居之有邻。反过来我们也可以这样解释，只要有德，便自然会得邻善邻。为了印证我们这种解释并未违背孔子的价值观，我们再来讨论《论语》另外两条关于邻里关系的文献。《论语 · 公冶长》：“子曰：孰谓微生高直？或乞醯焉，乞诸其邻而与之。”意思是说：孔子说，谁说微生高直？有人向他讨点醋，他（不直说没有），却向邻居讨来转借给人家。”从字面的直接意义上似乎是孔子在怀疑关于当时人们对微生高这个人的直的品格的怀疑，但透过这种直接的字面意思，我们却发现古人是多么重视邻里关系——别人来借醋，自家没有，即使转借也要满足邻居的需要，这是多么可贵呀！另一条记载出自《论语·雍也》：“原思为之宰，与之粟九百。辞。子曰：毋！以与尔邻里乡党乎。”翻译过来是说：原思这个人当了孔子家的总管，孔子给他俸米九百。原思推辞不要，孔子说：不要推辞。有多的，就给你的邻里乡亲吧！可见，亲仁善邻，惠及邻里乡亲，是孔子所倡导的价值观。《孟子 · 滕文公上》有言：“乡田同井，出入相友，守望相助，疾病相扶持，则百姓和睦。”在孟子看来，邻里乡亲如果能做到出入友善相待，守望相助，疾病相扶，这样百姓之间就会和睦。孟子这种论述不仅谈到了善邻的价值目标，而且指出了邻里关系最重要的道德义务要求，是我国传统文化邻里关系的经典论述。

不仅儒家的经典文化重视善邻的价值，而且我国民间的诸多俗文化文本都非常重视善邻的价值。

比如，两宋时期，乡村社会的地缘认同观念非常普遍。在宋人看来，邻里关系固然较之宗亲关系为疏，但远亲不如近邻，平时的相周相济，往往近邻胜于远亲。即如袁采所说："至于邻里乡党，虽比宗族为疏，然其有无相资、缓急相倚、患难相救、疾病相扶，情义所关，亦为甚重。"（袁采：《袁氏世范》卷 3《睦邻里以防不虞》）《袁氏世范》写于南宋淳熙五年，即公元 1178年，作者袁采。据说，此人秉性刚正，为官廉明，颇有政绩。袁采提出邻居间要和睦相处，平日多加抚恤，有事相互照应；不要让自家的小孩损坏邻居的花果树木，不要让自家的牛羊鸡鸭践踏、啃啄邻居的庄稼；乡里有造桥修路的公益事业，要尽力予以资助。宋真德秀，字景元，号西山，所作《劝欢诗》云："千金难买是乡邻，思意相欢即是亲。年若少时宜敬老，家才足后合怜贫。"林逋《省心录》

有言："内睦者家道昌，外睦者人事济。"王豫《蕉园日记》说："治家严，家乃和；居乡恕，乡乃睦。"民间蒙学文本《小女儿语》也说："邻里亲戚，都要和气，性情温热，财物周济。"清末民初石成金编著的《传家宝》用诗的语言描写邻里关系："生来同里共乡邻，不是交游是所亲。礼尚往来躬自厚，情关休戚我先恩。莫因小忿伤和气，遂结成仇起斗心。报复相戕还自累，始知和睦是安身。"连我国壮族《传扬歌》中也说："邻里是兄弟，相敬又相让。"

在我国后期俗文化文本中，对邻里关系有较全面论述的当属宋代县令郑玉道、彭仲刚等人编著而又经后人不断完善且在宋元两代广为流传的《琴堂谕俗编》。该文本有"恤邻里"专篇。该篇开篇认为，邻里乡亲如能相保、相受、相救、相周，"如此则百姓之情欢欣交通，而和睦之道著矣"。这用时下的语言说就是，正确处理邻里关系必能促进和谐社会建设。中国传统文化中这种通俗文本往往是继承传统、言事并论。这一俗编也是这样，不仅引证集汇了古代先贤的相关论述，如除了上引孟子之言外，还引述说："晏子曰：君子居，必择邻，可以避患。左氏曰：弃信背邻，患熟恤之。

故梁人宋季有百万买宅，千万买邻之语，诚以急难相恤，远亲不如近邻之密也。”还分析说：“古人所以恤邻里者，为其贫富可以 相资，缓急可以相助。苟平时有怨无恩，则临难皆吾仇敌。”不仅言理，而且还举出善邻之榜样事迹如苏洵、苏轼、苏辙三人之父亲苏仲先的事迹，反面举出一个叫戴文之因恶邻而遭报 应的事。不仅说人，而且说事。有这样一则故事：有一名叫王吉的人，家居长安，东家有大枣木，垂吉庭中，其妇取以啖吉。吉后知之，乃去其妇。东家闻之，欲伐其枣，邻里共止之。 因请令还妇。里中为之语曰：“东家有树，王吉妇去。东家枣全，去妇复还。”这则故事告诉我们，邻里关系首先要求我们严格自律，相恕相谅，仁厚相处，必能处好关系。

在后世的劝俗文献中，还有一个重要文本就是清世宗雍正皇帝的《圣谕广训》。雍正帝在康熙帝“圣谕十六条”的基础上，亲自对十六条加以逐条解释，写成这篇万余字的《圣谕广训》，于雍正二年 (1724) 二月颁布全国。雍正七年 (1729) ，又诏令乡村设立乡约，规定每月初一和十五，要召集众人宣讲此文，一定要做到家喻户晓，因此产生了广泛的影响。广训十六条，不仅有“和乡党以息争讼”专条，其实还有很多条都言及了邻里关系的处理之道，如“明礼让以厚风俗”“训子弟以禁非为”“息诬告以全善良”“诫匿逃以免株连”“完钱粮以省催科”“联保甲以弭盗贼”“解仇忿以重身命”，可以说全面阐述了传统邻里关系所承担的社会功能及其处理之道。上举诸训条，有的是从纳税的经济义务角度讲的，有的则是从法律层面讲的，还有从乡村治理的联保联防角度讲的。按清制，十家为甲，设长；十甲为保，设正，这种乡里的保甲制保证了地方防止犯罪、联防自保的功能。这些我们都不想加以分析。从道德建设的角度看，《圣谕广训》主要是“和乡党以息争讼”“明礼让以厚风俗”两训直接谈及了邻里关系及其道德调节问题。下面我们对这两 训做些分析介绍。

雍正皇帝指出，邻里之间由于居住相近，交往密切，自然有可能因为小小矛盾引起纷争，“以里巷之近而举动相猜、报复相寻，何以为安生业、长子孙计哉？”小事不注意，就会发展为大的矛盾，进而产生诉讼官司。如何息讼呢？就是要防微杜渐，从自己一方面来讲就是不要欺负人，恃强凌弱。“言息讼贵绝其端也，是故人有亲疏，概接之以温厚，事无大小，皆处之以谦冲。毋恃富以侮贫，毋挟贵以凌贱，毋饰智以欺愚，毋恃强以凌弱。”“毋犯嚣凌之戒，毋蹈纵恣之愆，毋肆一念之贪遂成攘夺，毋逞一时之忿致启纷争，毋因贫富异形有蔑视之意，毋见强弱异势起迫胁之心。各戒浇漓，共归长厚，则循于礼者无悖行，敦于让者无竞心。”作为统治者的皇帝，考虑乡邻关系的出发点是保持社会稳定和乡里和谐而不生争讼，这样要求臣民自觉循礼而不悖行，更不能滋生事端，引发矛盾和争讼，这是邻里和谐、乡里稳定的基本前提。

从积极方面看，解决乡亲邻里的日常矛盾，最好的办法就是人们在遇到矛盾时要多沟通、讲道理，要有包容之心和相恕之情。处理邻里乡亲关系要以和为贵，以让为德。如果人们都能具有相恕相敬相让之心，“能和其心以待人，则不和者自化尔；尔能平其情以接物，则不平者亦孚。一人倡之，众人从之；一家行之，一里效之。由近以及于远，由勉以至于安。”“里仁为美，比户可封。讼息人安，延及世世。协和遍于万邦。”只要搞好邻里乡亲关系，不仅能社会和谐，而且还会遍于万邦。

三

以上我们简略考察了经典文化和世俗教化文本对邻里关系的相关论述，从文献的角度引证出我国传统文化是非常重视邻里关系而且主要调节手段是道德，那么，这种道德调节传统或道德文化传统主要有哪些观念和规范呢？这里试做如下概括和论证。

第一，以亲仁善邻为道德态度。所谓亲仁善邻，按我的理解就是将血亲之爱推扩到邻里关系上，以友善的道德态度相互对待。中国传统伦理的基础是一种血缘伦理，由亲爱提升出来的仁爱精神构成了传统道德的精神渊薮和价值基础。邻里关系虽未必必然具有血缘联系，但由于在居住空间上比邻而居，这种地缘关系之成立，实基于彼此相互扶助的需要，尤其是在社会结构相对单一的乡村社会中，地缘关系更具有其他社会关系往往难以替代的现实作用，处理好邻里关系是人们的内在生活需要。那么，以什么样的道德态度来相互对待呢？这就是要以仁爱之心，友善相处，团结互助。你敬人一寸，人敬你一尺；远水难救近火，远亲不如近邻。人们生活中的七灾八难、生老病死都难免需要他人的帮助。搞好邻里关系，不仅基于互利互助的实用功能，而且邻里和睦，自己也心情愉快，有归属感和认同感，从而才会有精神家园之感。试想如果邻里关系如仇敌，那么，居住在这样的环境里的人怎么会有好的心态和生活质量呢？

第二，以乡邻和睦为价值目标。之所以如此，这可以从积极和消极两个方面来看。从积极方面看，追求和谐是中国传统社会伦理文化的终极价值目标。和谐不仅包括天人和谐，人自身的心身和谐，更重要的是人际和谐。人与人的和谐，首先是家庭家族内的和谐，正所谓“家和万事兴”，同时还包括政治意义上的君、臣、民的上下等级和谐，社会阶层的士、农、工、商的和谐等。而邻里和谐则是传统社会和谐的基础和集中体现。因为如前所述，传统中国主要是一种乡村中国，从事政治的人毕竟是少数人，社会阶层的分化也远没有现代社会那么发达，而乡里是否和谐在很大意义上就是社会和谐的体现，如果乡里不太平，那社会就会动荡；邻里和谐则是日常生活中社会和谐的保证，而且只有邻里团结也才会保证地方安定和谐。乡邻和谐不仅是民众日常生活的精神需要，也被看作是良风美俗，因此，追求乡邻和睦就成为中国传统道德文化的价值目标之一。从消极方面来看，由于邻里关系是百姓经常交往的关系，难免因利益纷争而发生矛盾、引起纷争，这样和睦相处、止斗息争就成为必然的要求和普遍的观念。如湖南甘氏宗族家训有言："至若邻里，比屋联居，非亲即友。亦宜有无相通，患难相救，以让救争，以礼止暴，乃成仁厚之风。宗族和顺，乡党亲睦，自无盗贼凶恶之徒为之滋扰矣。"

第三，以相容相让为基本道德。追求和睦，如何能达到这样的目标？这就是要相容相让。相容就是要以儒家所讲的恕道为思想前提，以己之心，度人之心，对人要有同情心、体谅心，己所不欲，勿施于人，大度容人，严于律己，宽以待人。不仅要有这种伦理态度和思想方法，而且遇到实际利益纷争时，要以相让为德为行。正如古人所说："礼之用贵于和，礼之实存乎让。"忍和让是处理邻里关系的最好办法，这是古人确信的传统美德。作者少 时有一个经验，就是邻居家孩子间如果在一起玩耍时打了架，总是家长斥责自己的孩子并 领回自己的孩子以息事宁人，而现在有的家长则是先训别人的孩子甚至帮自己的孩子打别人的孩子。这不仅不符合传统让德，而且对孩子的教育有百害而无一利。在清代，有一则典型体现邻里让德的“六尺巷”的故事，这则故事有力地说明，邻居关系只有遵循相容相让的道德才会成为友邻善邻。

第四，以相扶相助为伦理义务。如果说相容相让是一种消极性的伦理义务的话，那么相扶相助就是一种积极性的伦理义务。也就是说处理邻里关系，要做到相容相让，这是一种有所守的基本道德，不仅如此，还应该有所为的积极道德，这就是要相扶相助。要有无相通，疾病相扶，患难相救。这种相扶相助的道德不仅受到儒家仁爱思想的影响，而且也受到墨家的兼相爱交相利、周穷济困思想的影响。可以说，相扶相助不仅是一种伦理要求，而且实际上在传统中国已经成为民众的生活方式和优良传统。以作者儿时的经验，就已经常有孔子所说的向邻人借醋的经验，甚至也常有向邻人借钱借物的事如挑水担、桶、农具等。到现在，有农村生活经验的人都知道，遇到邻居家盖房、结婚、治丧，都是要去帮忙的。这种相扶相助的伦理义务在传统中国还受到官方制度化的保证。如有的朝代就规定，连个人财产处置和出让也必须先家族，再邻人，如果前两种人都不要，才能卖给其他人。又比如，唐代“侍老”制度规定，对年龄在八十岁以上者，给予一名“侍丁”在其身边照顾。开元二十五年(737)的《户令》中规定：“诸年八十及笃疾，给侍丁一人。九十二人，百岁三人。皆先尽子孙，次取亲邻，皆先轻色。无近亲外取白丁者，人取家内中男者，并听。”侍丁按照唐代法令还可以免役。可见唐代“高年给侍”制度旨在通过赋役优免和亲邻关系以达到“老有所养”的社会效果。也就是说，法律规定，如家中有老人而家中无人 赡养的，要从邻居中取人奉养。前几年我们表彰的一位道德榜样，是说一位农村妇女几十年养邻居家老人，这种事看来在古代就有法律根据。这说明邻居相扶相助不仅是一种道德要求，在传统中国甚至得到了法律的保障。

总之，尽管邻里关系在现代发生了很大的变化，出现了诸多与传统社会不同的新特点，但中国传统处理邻里关系的历史经验和道德传统仍然值得我们批判继承，发扬光大。

城镇社区和谐邻里关系的社会学分析

邢晓明[1]

所谓城镇社区和谐邻里关系，是指城镇社区居民在与邻里的交往过程中相互之间的真诚相待、友好相处、和谐相邻，具体表现为邻里之间基本利益一致，心理相容性强，感情彼此认同，有共同的社区归属感和行为准则，能够互相帮助、关系融洽，社区人文环境优美，氛围和谐。

应该说，城镇社区是社会的重要组成部分，社区安定有序，社会才能安定有序，而作为社区最基本的人际关系——社区邻里关系，其和谐程度将对社区建设产生重要影响。

1　邢晓明为黑龙江省社会科学院社会学所学者。

一、传统邻里关系功能的弱化与现代邻里关系的不和谐现象

1. 城镇社区邻里关系变迁过程中的和谐与不和谐邻居，北京人以前将其称为“街坊”，江苏人称其为“邻舍”。邻里关系是传统关系中很近的关系，俗话说“远亲不如近邻”。如果邻里关系好，会让人觉得城市生活比较安全、生活有趣、有保障，“守望相助 葱酱相借”。邻里关系起着互相帮助的作用。新中国成立后的很长一段时间，社会流动性不像现在这么大，邻里关系在一定程度上发挥着很重要的作用，邻里之间互助的特点也很突出。从20世纪80 年代末人们逐渐由平房搬进楼房居住，社区形态发生了变化，邻里关系也就有了相当大的变化：新的社区主要由陌生人构成，邻里关系变成了社区位置上靠近的关系。但实际情况是人们之间互不相识，心理上不亲切，互动也不多。城镇有关部门在建设新的社区时，注意的是让人住进去，而没有考虑如何真正地让同一社区的居民融合在一起。老社区里也住进了许多外来流动人口，如各城市的农民工和北京的京漂一族等。他们进入社区后形成了陌生群体，

没有太大的热情与社区里的其他群体进行交往。这些因素使邻里关系变得更加疏远了，由此，邻里关系出现了不和谐现象。据2006年4月《华商报》对西安市邻里关系进行的问卷调查结果显示：22%的被调查者根本不认识自己的邻居；45%的人只是偶尔和邻居见面打个招呼；77%的人不太了解邻居家成员情况；63%的人和邻居关系一般；对邻里关系状况表示“满意”的有14%；有57.7%的人没有帮助过邻居。可见邻里关系已经淡漠到了一定程度。

2. 传统邻里关系功能弱化的动因。主要为：

（1）城市空间及住宅结构的转变使邻里关系发生变化。新中国的邻里关系主要经历了三个阶段：

第一个阶段是平房街道社区中的传统邻里关系时期。中国传统的居住方式在北方是四合院，在南方有里弄、天井，这样的建筑形态为传统近邻创造了条件，邻里的关系很密切。以北京为例，解放初期，四合院是家庭的再生产空间，独门独户，在空间地理结构上与邻居的房间靠得非常近，邻里之间家庭氛围浓厚。

第二阶段是单位社区的邻里关系时期。这是1958年后政府为了高效推进工业化进程而实行职宿一体的形式;20世纪80年代后，在北京、上海等地出现了新公寓改造，这些新公寓(即现在所说的“老单元房”)形成了单位社区。单位社区的邻里关系实际上是业缘关系和邻里关系的叠加，即除了工作关系外同时也是邻里关系。然而，由于这种邻里关系完全是被动的，且有工作关系在里面，所以邻里关系也显得很微妙，自由度相对较少。

第三阶段是商品楼社区邻里关系时期。这种形式兴起于20世纪90年代。随着住房补贴的出现及福利分房的结束，人们开始慢慢尝试着买房了。住房类型的多样化，提升了人们对生活质量的需求，也带来了陌生的邻居。早期的商品房居民择邻而居的余地很小，邻居之间彼此互不相识，相识的愿望也很淡薄，虽然居住近在咫尺，交往却远隔千里。

（2）社会条件的变化导致传统邻里关系发生变化。

首先，人们交往多元化。在传统社会中，邻里是人们的首属群体，其中一个重要原因是人们的社会关系网络广度有限。而当前在城市中，伴随着交通、通信技术的发展，人们的社会关系网络大大拓宽，交往多元化的趋势十分明显，地域因素不再成为人们社会关系中的主要因素。这样，邻里关系在人们的社会关系网络中的地位下降，就是很正常的事情。

其次，社会流动性的加强。传统邻里关系的形成与巩固是基于人口流动性较差这一基本前提的。现代社会人们的流动性较强：2006 年10月28日全国流动人口计划生育工作会议在上海召开。在会上，国家人口计生委副主任王国强说，改革开放以来，中国流动人口迅猛增加，中国正在经历世界最大规模的人口流动。目前全国流动人口已超过了总人口的10%，接近1.5亿人。流动人口当中八成以上是农民工。现阶段中国的基本国情和人口发展趋势决定了以农民工为主体的人口流动现象将长期存在。正是这种较强的流动性，使邻里关系由于人们经常性的搬迁而得不到巩固。

再次，人们生活节奏的变化。传统邻里关系大多建立在生活节奏慢、社会活动范围较小的基础之上，人们之间的交往既有需求也有时间。而在市场经济条件下，社会竞争激烈，人们的生活节奏明显加快，业缘关系的地位要远远强于地缘关系，即使拥有闲暇时间，也会更多地被运用在家务、娱乐、深造等诸多方面，这同样不利于传统邻里关系的保持与继续。同时，电话、电视、电脑等媒体的普及，使现代休闲方式多样化，人们足不出户就可以达到交流的目的，这也大大弱化了邻里关系的重要性。

另外，人们交往的理性化。市场经济带来了经济领域的大变革，同时也给人们的生活方式带来冲击，人们交往方式就是其中之一。人际交往的感情因素更多地被理性因素所替代，成本—收益分析使既不属于血缘范畴又不属于业缘范畴的邻里关系处于尴尬境地。“守望相助”，这一曾经表达邻里在社会支援方面的功能，同时也被日益专业化的社区服务所替代。人们对邻里的期待更多的是在情感与信息的沟通方面，因此，邻里之间交往日趋表面化、形式化的现象在一定时期内不可避免。

（3）初级群体衰落与邻里关系变迁。当前，中国社会正处于从传统社会向现代社会的转型期。随着这一转型过程的推进，初级群体的地位和性质也发生了变化。以前人的社会化都是在初级群体中完成的，尤其是家庭。但是现在从初级群体的发展趋势看，在转型期，初级群体将日渐衰落，这也造成了邻里关系功能的弱化。初级群体(primary group)，是人际关系亲密的社会群体，亦称首属群体、直接群体或基本群体。就一个人的发育成长过程来看，家庭、邻里、儿童游戏群伙均为幼儿最早加入并在其中活动最多的群体形式，故称为首属群体或直接群体。传统社会许多基本功能都是由初级群体承担的，而现代社会初级群体衰落引起的社会生活的某些功能紊乱必然会对邻里关系产生影响，主要表现在：

第一，由于初级群体的衰落，人们从初级群体中得到的帮助，尤其是邻里之间的互助越来越少。初级群体是人们互助的单位，即使在现代社会中，国家和社会也很难完全满足任何个人的任何需求，因此，初级群体小的互助仍是必要的。但由于初级群体的衰落及其所造成的邻里关系的淡漠，已经不再能够保证人们从初级群体中得到必要的帮助。

第二，由于邻里关系的松懈，儿童的社会化也成了问题。虽然目前正规学校正在迅速代替家庭、邻里等初级群体在儿童社会化方面的职能，但要彻底地取代初级群体在这方面的职能，特别是对学龄前儿童进行社会化的职能，至少从目前说还是不可能的。

第三，情感需求的满足发生困难，从而使社会互动发生障碍。初级群体成员之间的情感关系是人们满足情感需求的主要来源，可以达到在精神上互相支援的效果。但由于现代社会中的初级群体成员关系的松懈，邻居之间大多数互不相识，人们的情感满足从某种程度上来说已经发生了困难。

第四，初级群体衰落也对社会控制产生了影响。虽然一些正式组织承接了初级群体的功能，但由于其进行的是系统宏观的控制，缺少人文色彩，尤其是邻里关系的淡漠在一定程度上影响了控制效果。

二、新型和谐邻里关系的特点与社会功能

邻里关系是社会中的重要公共关系，如果运转良好，将对人口素质、道德水平产生深远影响。因而建立新型邻里关系对于和谐社会建设具有重要的时代意义。

1. 新型和谐邻里关系的特点。随着社会流动和职业流动愈加激烈，人们对非利益性、非工作性的人际交往产生了一种需求。当同事、事业伙

伴与竞争对手都在不断变化时，我们更期待一种在家庭之外的、但与经济利益无关的稳定人际关系，比如邻里关系。但现代新型邻里关系已不同于传统的邻里关系，具体说来其有如下特点。

（1）城镇社区新型邻里关系以理性为特征，以公共性为基础。新型的邻里关系已从感性阶段上升到了理性阶段，也就是说，表面上的寒暄也许少了，但遇到问题的解决方式却科学有效起来。很多社区都设有“住户服务中心”和“业主委员会”，邻居们有什么事情直接到中心求助，这已经成为一种模式化运作形式。作为一种交往方式，邻里关系的基础在于公共性，而这种公共性主要体现为足够的社区公共空间和公共性活动的经常性开展。

（2）城镇社区新型邻里关系以私密性为保障，更具人性化色彩。邻里交往是人的一种需要，但保持个人的私密性同样是一种人的需要。新型邻里关系极大地体现了“以人为本”的理念——人们多了双向选择的空间，社区居民在与邻居的相处上，既能互惠，又能充分保证个人的隐私权。

可见，新型邻里关系强调的是公共性与私密性的有机结合，强调互相尊重和谐相处但彼此不侵犯隐私；强调交往各方的主观双向性；强调兴趣与爱好的共同点等。和谐社会最基本的条件之一就是要建立新型的、和谐的邻里关系。邻里关系“和谐”了，社区“和谐”了，社会才能“和谐”，所以构建新型和谐的邻里关系很必要。

2. 新型和谐邻里关系的社会功能。包括：

（1）新型和谐邻里关系的社会控制功能。社会控制 (socialnorm) 是指社会群体中有共同遵守、认同的思想和行为标准，这种标准能导致群体成员思想和行为的趋同与协调，有利于增强群体的团结。规范最显著的特点是制约性。中国社会正由传统伦理社会向现代法理社会融合。在传统社会中，人们主要依靠私人感情和身份地位构成的网络进行交往，以人情面子判断是非曲直。随着工业社会的到来，市场交换的科层制的发展使人们之间具有更强的契约精神和业绩原则，责任伦理成为现代法理社会的主要精神。当某种社区活动使邻里参与活动成为可能，并使邻里在很频繁交流的同时，逐渐产生很深的感情，那么人们就会产生对公共生活空间的强烈需求。在这种需求下产生的社区安全作用远比“可防卫空间”的功能更强，“可防卫空间”仅是技术上将社区空间划分为领域层次分明的公共领域、半公共领域、半私用领域和私用领域，然而如果无法消除邻里之间的冷漠，依然达不到安全的功效。

（2）新型和谐邻里关系的社会整合功能。社会整合是指社会不同的因素、部分结合成为一个协调统一的社会整体的过程，亦称社会一体化。新型和谐邻里关系的社会整合功能主要包括人际交往整合与社区心理整合。人际交往整合功能体现在：新型和谐邻里关系的建立，可以使各种组织活动的定期性、经常性成为可能，这样就增加了各群体的交往机会，使他们有机会相互沟通与理解，使城市居民逐步抛弃对于流动人口的成见，坦诚地接纳他们，而流动人口也可以突破血缘、地缘、业缘关系基础上的同质交往局限，主动融入城市的社会交往之中，并接受城市现代的文化与生活方式，参与社区的建设与发展。新型和谐邻里关系的社区心理整合功能体现在：可以进一步强化流动人口对城市的积极贡献，弱化流动人口的负面形象，消除城市居民对流动人口的偏见，塑造良好的市民心态，弱化户口对城市居民态度的影响，在其头脑里确立文明、开放和权利平等的新观念。增强流动人口对社区的归属感和认同感，消除“城市人”和“农村人”的隔阂，从而增强社区的凝聚力与向心力，最大限度地发挥其整合功能。

三、对构建城镇社区和谐邻里关系的思考

1. 和谐邻里关系与社区环境建设。提供相应的社区空间与外部环境，创造适宜的活动机会，促进社区居民的相互认识和人际交往，可以为构建和谐邻里关系提供物质保障。在现代城市中，原来的居民大院逐渐被楼房单元的结构所代替，而且居民流动性加强，相互间的陌生与戒备越来越突出。因此在城市社区的规划与设计上，就应加强公共空间环境的建设，如社区内的文化场馆、中心广场、草地、体育设施等，这些是社区居民人际交往的必备场所，有利于居民社交礼仪的教育、感情的沟通。除此之外，还要为社区居民创造共同活动的机会，建立居民之间的情感网络，以消除城市生活的封闭性带来的隔离感。如现在全国上下都在开展的、定期在社区邻里之间举办符合本社区特点的“邻居节”活动，不仅具有较强的人文色彩，而且把邻里之间的交往规范化制度化了。

2. 和谐邻里关系与社区文化建设。加强社区文化建设，实施“素质工程”，建设人文型社区，这是构建和谐邻里关系的精神保证。良好的社区风尚、共同的生活愿望、高尚的道德情操和丰富的文化生活，是创建和谐社区的基本内容。著名社会学家费孝通认为，如果现代化是在当今世界中人际关系的新发展，那么也可以认为现代化应当是一个“文化自觉”的过程，即人类从相互交往中获得对自己和“异己”的认识，创造文化上兼容并蓄、和平共处局面的过程。丰富的社区文化生活不仅可以沟通社区成员间的感情，进一步改善邻里关系，而且还可以提高社区居民的整体文化素质，使社会秩序更加稳定。

3. 和谐邻里关系与社区制度的完善。制定完善的社区制度，对社区成员的交往进行有效的管理，这是构建和谐社区邻里关系的制度保证。社区居民之间的友善、平等、诚信与合作关系固然需要社区居民情感的投入和自觉的维护，同时也需要规范的制约和舆论的监督，因此关于调节邻里关系方面的制度建设也是非常必要的。虽然社会生活在大的方面有社会法律制度，但在较小范围内仍然需要“小”制度的制约和调节作用，在社区范围内，社区制度的拾遗补阙作用，在细微的邻里关系中体现得更为明显。社区制度应该以社区人群的共识为基础，以邻里关系的和谐为准则，形成社区的共同规范，它虽然不具有法规的意义，但对推动社区和谐邻里关系的形成也是一种依据和力量。应该说，制定完善的社区制度，对社区成员的交往进行有效的管理，是构建和谐社区邻里关系的重要制度保证。

新型睦邻文化建设是基层治理的最佳切入点

——访南开大学社会学系研究员唐忠新

陈建强[1]

睦邻文化是中国优秀传统文化的重要组成部分，是构建和谐社会与和谐社区的思想道德基础。在我国社会快速转型的当下，如何继承发扬中华民族这一优良传统，使之在基层社会治理与服务的过程中发挥更大的作用。记者就此专访了南开大学社会学系研究员唐忠新。

记者：睦邻文化作为中国优秀传统文化的重要组成部分，应怎样看待它在社会生活中发挥的作用？

唐忠新：自古以来，邻里就是基层社会管理服务的自然基础和中间环节。若干家庭构成邻里，

1 陈建强为光明日报记者。

若干邻里构成村落社区和城镇社区，从而形成了一个个城乡基层社会管理服务的基本单元。

中华民族自古就有邻里互信、邻里互助、邻里自治的历史传统，街坊邻里守望相助，疾病相扶，解决了老百姓生产、生活等一系列的基本需求问题，尤其在传统农业社会里，这一历史作用显得更加突出。之所以如此，一是邻里具有区位优势。构成邻里的各个家庭在地域上非常靠近，甚至一墙之隔，使得邻里互助具有方便、及时等明显优势。二是邻里互助“成本”较低，基本上不需要专门设施和专门场地，也基本上不需要互助双方支付劳务费用。三是邻里互助既可以在一定程度上解决老百姓的实际生活困难，又可以增进邻里间的感情交流，具有经济、文化等多方面功能。

记者：在社会快速转型的当下，推进社区睦邻文化建设，构建新型睦邻关系具有怎样的现实意义？

唐忠新：改革开放以来，伴随经济转轨、社会转型，“单位体制”逐渐解体，城乡社区开始成为基层社会治理服务的最基本单元和最基本载体。而社区组织是以家庭为细胞，以邻里作为中间环节的。目前广泛存在于城乡社区居（村）民自治体系中的“楼院自治”“楼门自治”、村民小组自治等，都是直接依托邻里关系开展的基层群众自治的生动实践。从这个角度来看，开展社区新型睦邻文化建设，对于加强和创新基层社会治理服务具有基础性意义。

事实上，伴随着经济社会现代化进程中的住宅商品化和生活设施一体化，邻里之间结成了新的利益共同体。例如，在商品房住宅小区，大家作为小区内的业主，是楼道、存车场（库）、物业服务用房等公共建筑物的共同所有人和公共绿地的共同有偿使用人；在集中供热、供气的普通居民小区，大家有偿使用着同一管道的燃气、暖气等。从这个角度来说，开展社区睦邻文化建设，也是为了适应现代社区和谐生活的客观需要。

记者：请您谈谈新型睦邻文化与传统睦邻文化的异同，我们推进新型睦邻文化建设的重点是什么？

唐忠新：简单来说，传统邻里关系是“互动互助又互扰”。新型睦邻关系的基本特征则是“互信互助不互扰”。这就需要既发展熟人基础上的睦邻关系，更需要倡导陌生人之间的“邻里自觉”。

需要强调的是，我们一方面要推进自然人之间的睦邻关系，另一方面也要促进自然人与法人之间的睦邻关系，实现社区居民与社区单位之间的共驻共建共享。

以邻里互助、邻里帮扶为基础，推进社区志愿服务，这是新型睦邻文化的时代特征。我们应通过普遍开展邻里互助、邻里帮扶活动提升志愿服务的广泛性，使志愿服务理念家喻户晓，使志愿服务行为遍及街道里巷，使志愿服务成效惠及千家万户。为此，基层政府组织和社区组织要在了解掌握各居民家庭对社区服务的基本需求和参与愿望的基础上，为邻里之间牵线搭桥，促进邻里互助规范化、制度化。

建设新型睦邻文化是基层社会治理的最佳切入点。我们应以邻里守望、责任共担为基础，健全社区网格化服务管理体系，增强社区网格内邻里街坊参与社区治理的积极性、责任心，构建多元参与的社区网格化服务管理新格局。比如，一些社区以街坊中的积极分子为骨干，建立健全群众性调解组织，帮助化解邻里间的矛盾纠纷，就取得了很好的效果。总之，只有调动了社区邻里广泛参与的积极性，基层社会治理中的群众参与的基础作用才能够充分显现，城乡社区治理中的群众自我管理、自我服务、自我教育、自我监督的体制机制才能够真正形成。

让邻里之间互相熟络起来

张颐武

中华民族对于邻里文化的关注可能远超于其他不同社会和民族的人，常常挂在嘴边的老话“远亲不如近邻”就折射出了中华民族对于建设邻里关系的热衷。大家都憧憬着把邻里关系处得热情、亲切并充满信任。

随着社会的发展，中国家庭已经进入了核心家庭时代，人们从过去那种“群居”生活过渡到私密性较强的个人生活，也导致了但凡有人“侵犯”了我的地盘，就会顿时火冒三丈。如今，邻里之间的矛盾与冲突越来越琐碎化、暴躁化。这种邻里之间的矛盾冲突在过去往往出现在我国农村，可目前在一些大城市中，甚至在一些高档小区中，这种邻里矛盾也在越来越频繁地发生：一袋垃圾摆放位置的不当、一辆自行车没有按规定区域停放、深夜看球电视声音过大等一些小事，因为无法正常沟通，成为邻里之间“骂战”的导火索。“在如今的小区里，邻里如果打上了照面，那很可能是发生纠纷了”这句网上的玩笑话说得虽然片面，但是也从中反映出了邻里关系的一种无奈。而导致这种无奈的根本便是人们对于“让”缺少理解。自古至今，中华民族一直秉持着谦让的品质来对待他人，所以与其说邻里之间的互不相让是不懂礼让之道，不如说是这种冲突制造者道德的缺失。

那么如何避免邻里之间可能发生的冲突呢？除了提升自身修养之外，最有效的方法还是让邻里之间熟络起来。中国人的社交哲学崇尚“熟人社交”。不仅是熟人好办事儿，而且人们也不愿意跟熟人发生冲突。而相反的是，我们无论从心理还是从肢体语言上，动怒大都是针对陌生人的。很多人对于陌生人身上的错误是零容忍的，而在一些更为文明的社会中，人们对待陌生人往往更加彬彬有礼，对待自己的朋友则可能会随意一点。若我们将本该热情、互助的邻里关系重拾起来，那袋摆在门口没有及时扔掉的垃圾可能就会被邻居捎带手地扔到楼下的垃圾箱中，而非因此心生怨气。基于这点，让邻里之间互相熟络起来不失为一个解决邻里之间矛盾，并最终将“礼”与“让”渗透到我们的邻里文化之中的最佳途径。

邻里关系中除了矛盾的频发，另一个极端便是“老死不相往来”。现如今，人人都渴望美好、和谐的邻里关系，但诸多现代的生活方式让“城中人”发展、维持这种美好的邻里关系心有余而力不足。“上下楼的人在一栋楼中住了快5年，面都没见过，更别提来个微笑、说句‘你好’了。”“小区很大，环境也好，住户很多，但几乎一个邻居也不认识。”这些对邻里关系的抱怨都不陌生。生活节奏快、压力大、业余时间少等种种原因导致了我们的邻里关系从“远亲不如近邻”到“老死不相往来”。这种状态我们正在经历，但是从骨子里，我们终究还是期望邻里之间的关系是热情的、友爱的、和谐的。

如何破除邻里关系淡漠的这层坚冰，我认为“礼”字当先。我在日本交流讲学时，刚刚住进出租房之后，一位朋友提醒我：“应该准备一些小礼物赠予邻居，首先这是日本人的习惯，入乡随俗则能展示我们是懂‘礼’之人。其次，作为他们的新邻居，应该向先住进来的人打个招呼，以示友好。”听闻之后，我立即准备了一些小点心，并装在精美的小盒子中，送给了各位邻居。没想到在这之后，陆续几天都有邻居给我送来亲手做的食物。这小小的礼物，迅速拉近了邻里之间的距离，让人心生暖意。而其中让我感悟最深的并不是这种礼物之间互赠，而是他们把这种互赠礼物的行动作为促进邻里关系的一种不成文的“规定”，并形成风俗，让“礼”先行于交友之前，这是我们需要学习的。投桃报李，这其实是中国传统的礼仪。

“礼”与“让”的哲学应是我们急需掌握的必修课，也是一个自然人在社会中的立足之道，拥有“礼”与“让”支撑的邻里文化，才是真正有灵魂的邻里文化。

亲仁善邻促社会和谐

光明日报评论员文章

从2004年到2015年，19个街道共举行了4700多场邻里互助活动，80多万人次参与，200多家单位响应。在拥有104万人口的青岛市老城区市北区，守望相助的邻里关系已是处处开花。市北区举办“邻居节”的成功经验让我们看到，重塑邻里关系对于新时期社会和谐建设有着巨大的推动作用。

邻里是一种以地域关系为基础的人际关系，不仅是人们因居住而产生的地缘关系，也是一种基层社会组织单位。对有着深厚农耕文化的中国来说，邻里关系的重要性仅次于血缘关系和宗法关系，在中国人心目中有着十分重要的作用。亲仁善邻、守望相助，不仅是每个人的道德目标，也是一种生活方式的体现。

改革开放以来，随着我国城镇化进程加快，邻里关系也发生了巨大变化：在城市，以商品房社会为单元的社会生活结构造成人际互动日益减少，人情冷漠；在农村，大量青壮年外出务工造成人际交往被割裂，乡村共同体渐渐消失，邻里关系趋于淡漠。

人们常说，家庭是社会的细胞，邻里关系则是社会最基本的组织。没有组织凝聚的细胞得不到丰富营养，其发展和完善自然难以为继。市北区11年的努力让我们看到，只要政府加强引导和组织，分散的群众力量就能重新凝结，让邻里互助互让、和睦融洽的和谐之风在全社会洋溢。

改变邻里冷漠疏远的现状，绝非一朝一夕之功，它需要我们在很长的时间内，做大量细致的工作。在现代化的今天，悠久的邻里文化传统能给我们更多的启发，我们依然可以古为今用，以宣扬仁爱为核心思想，以帮扶弱者为优先方向，以自治与乡约为规范措施，以礼让为道德提纲，让传统邻里文化在现代重新放射光芒。

“乡田同井，出入相友，守望相助，疾病相扶持，则百姓亲睦。”邻居节的成功，根本原因还在于其符合人民群众的愿望。只要我们加强组织，在沟通交流中增进家园意识，在尊老爱幼中体会互利共荣，就能让邻里关系发挥促进社会和谐的积极力量。

以邻里文化滋养社会主义核心价值观

11年前，青岛一位叫孙睿涵的小学生发起举办『邻居节』的倡议，得到了青岛市市北区委区政府的认可，由此创办了『邻居节』。11年来，青岛市北区『邻居节』由小变大，促进了『亲人善邻、和睦融洽』的新型邻里关系的塑造。2015年11月27日，由光明日报编辑部、山东省青岛市委宣传部主办的『守望互助 和谐邻里』研讨会在青岛市举行，与会专家对『邻居节』的社会意义给予了充分肯定。

接地气连民心的生动实践

惠新安[1]

十几年前，就是因为一位10岁小姑娘的建议，第一届“邻居节”开始在海伦路街道试办，并在青岛市市北区全面推广，迄今已经走过了11个年头。十多年来，“邻居节”由小到大茁壮成长，现在已经成为市北区广大居民必不可少的民间节日。11年的实践证明，举办“邻居节”在消除邻里隔阂、构建和谐邻里关系方面发挥了重要的作用，是加强和创新社会治理的有益探索，也是培育和践行社会主义核心价值观的有效途径。

“邻居节”为什么能够长盛不衰成为一个节日品牌？这里面的原因很多。第一，它接地气、连民心，孕育在群众的热切期盼中，成长在群众的积极参与中，扬名在群众的口口相传中，成为

1　惠新安为青岛市委常委、宣传部长。

从群众中来、到群众中去，密切与群众血肉联系的生动实践。第二，它形式多样、老少皆宜，既有文化的交流互动，更有情感的交融互通，弘扬了中华民族的优秀文化传统，改善了邻里关系，提高了居民素质，提升了群众的幸福指数。第三，它有各级党委、政府的正确引导与大力支持，有企业和社会组织的广泛参与，甚至还有外国友人投身其中，从而使“邻居节”开放包容、气度宏大、影响深远。

“邻居节”一路走来，在社区建设和社会治理等方面积累了很多成功经验，凝结了丰富的文化思想内涵。此次研讨会，我们对市北区“邻居节”进行研究与探讨，提升与总结，对于全面建设小康社会、构建社会主义核心价值体系都有着积极的现实意义。

“邻居节”让生活更舒心

刘建军[1]

中国是礼仪之邦，邻里和谐相处、守望相助是中华传统美德。随着经济社会的发展和城市化进程的加快，邻里往来日渐减少，邻里关系日渐冷漠。青岛市市北区的“邻居节”，增进了邻里感情，树立了文明风尚，促进了全区经济社会的和谐发展。

11年间，“邻居节”已覆盖市北区的每一寸土地，影响到每个市北人。今年5月，光明日报报道了“邻居节”活动，并配发了评论员文章。光明网、中华文明网、搜狐网、凤凰网等网络媒体纷纷予以转发，引发国内学界思考和共鸣，在社会上引起了较大反响。“邻居节”已逐渐成为市北区社区建设和精神文明建设的亮丽名片。

1 刘建军为青岛市市北区区委书记。

“邻居节”顺应民意、凝聚人心，是推进和谐社区建设的创新载体。群众渴望和睦的邻里关系，和谐社区建设也需要群众的关注和参与。当年孙睿涵小朋友提出举办“邻居节”改善邻里关系的建议后，市北区委区政府积极回应，在广泛征求社会意见之后，创新思路、搭建载体，于2005年在全区推广开展了“邻居节”活动。11年来，“邻居节”由小变大，影响力不断提升。从简单的文艺演出到挖掘和展演传统民族文化、民间技艺；从大众化的自娱自乐到邻里守望互助和各类志愿服务；从过去的社区广场场所向互联网线上线下互动模式拓展；从群众性的文化生活到机关部门下基层、送服务、解难题的帮扶救助、便民利民活动……在内容、形式上不断发展创新。特别是好邻居、好媳妇、好家庭文明小使者评选等活动涌现出了100多位典型，他们的事迹真实感人，贴近生活，既弘扬了好风尚，传播了正能量，又促进了亲人善邻、和睦融洽的邻里关系的构建，使社会主义核心价值观深入人心，唱响了社区和谐的主旋律。

“邻居节”解决民忧，服务民生，让居民群众有更多获得感和幸福感。习近平总书记多次强调，一切工作的出发点、落脚点是让人民过上好日子，让群众得到看得见、摸得着的实惠。多年来，市北区把“邻居节”的落脚点放在倾听群众的诉求，为居民解决实际问题、提供满意服务上。政府每年将区级财政收入的70%以上投入到民生事业当中，真正为居民群众办好事、办实事、解难事。11年来，广大机关干部作为“大邻居”，为社区居民举办就业创业知识讲座700余场，送岗位4000余个；广大党员干部、企事业单位开展尊亲睦邻、爱心帮扶；以“互联网+”的形式打造了互联社区平台，实现了政策服务信息全覆盖，让群众享受到了更优惠、更便捷的服务。

“邻居节”是时代文明和发展的符号

刘同昌[1]

城市是人类文明在地理空间上的汇合点，具有文化的储存、传播、交流、创造和发展的基本功能。在城市发展的过程中，城市文化是灵魂。青岛文化特质的基本元素是“开放、包容；和谐、并蓄；重工、创新；秩序、理性”。“邻居节”传承了青岛文化特质，提升了城市文化的软实力。

第一，“邻居节”弘扬传承了城市精神，增强了文化认同力。青岛市市北区“邻居节”承载了我们先祖的意愿，蕴含了青岛包容、开放、责任、有序的历史文化特质，体现了守望相助、疾病相扶、富有人情味的邻里文化传统，毫无疑问这是社会主义核心价值观的内涵之一。

---

1 刘同昌为青岛市社科院研究员。

第二，“邻居节”培育了文化自觉意识，增强了文化吸引力。以节庆的形式，以优良的文化意蕴去启迪、熏陶市民的精神世界，提升市民的文化观念和主人翁意识，调动广大市民支持城市文化建设、参与各种文化活动，激发了全社会的文化创造活力。

第三，在高楼林立中，“邻居节”闪放着现代化异彩。传承城市历史文化与发展经济、建设城市之间并无绝对矛盾，关键是如何在新的环境下，弘扬、传承、创新与坚守。近10年来，市北区通过发掘利用历史文化遗产、打造特色文化品牌方面进行了有益的探索，并取得了许多经验。

社区的发展是人类进步的需要，在现代化的进程中，需要我们的智慧去凝聚人文的力量走向未来。青岛市市北区的“邻居节”是社会发展的一个文明标志和符号，这个节日应该坚守下去，形成一个全市的地方百姓的节日，同时要努力增加节日气氛，注入文化元素，突出地域特色。

拜年拜出个“邻居节”

孙睿涵[1]

从小我就在姥姥、姥爷身边长大，因为性格比较内向，姥姥一直想找个机会锻炼一下我。2004年春节，姥姥让我去给邻居们拜年。我问姥姥，我该跟哪些邻居拜年？姥姥说，你从一楼挨家挨户给每个邻居都拜年就好了。于是我怀着忐忑的心情出门，去给邻居们拜年了。遇到熟悉的邻居，他们就很热情地拉我进屋；遇到不认识的邻居，他们有的心怀戒备，隔着防盗门敷衍，还有的甚至连门都不开，在里面喝问这是谁家的孩子。回到家后，我跟姥姥、姥爷说拜年的遭遇，姥姥说：“好孩子，有认识的邻居就有不认识的邻居，社会就是这样。”

那年的新学期开学，区少工委组织了一次“童

1 孙睿涵为“邻居节”首倡者。

眼看社会，关注身边事”的金点子征集活动。我想到自己的拜年经历，就跟姥姥讨论，觉得应该有一个“邻居节”，能让邻居们聚在一起，交流互动、增进了解和感情。

在姥姥的帮助下，我还做了一个调查：在一个楼院里有多少户人家，每户人家有多少熟悉的，有多少不太熟悉的，又有多少完全陌生的。我把举办“邻居节”的建议交到了学校，立即得到了学校以及街道办的高度重视，当年就举办了第一届“邻居节”。从此，“邻居节”年年举办，一直没有中断，到2015年“邻居节”已经举办了11届。看到邻居街坊们通过“邻居节”感受到了大家庭的温情，我由衷地高兴和自豪。

从社会救济传统看邻里关系的历史内涵

朱浒[1]

从有文字记载以来，中国历史上各种灾害事件史不绝书。在这样的状态下，中华文明能够延续数千年而不倒，也就证明我们的文化中具有顽强生命力的东西，保证了中华文明的再造和延续，这就是社会救济的传统。最早的一个典型例子就是所谓“嗟来之食”。这个“嗟来之食”的发起人是齐国人黔敖。他应该是中国历史上第一个留下具体姓名的，个体发起主动性社会救助的活动者。在春秋时期这样的活动已经被称为义举了。

《春秋左氏传》里面有这样一句话，“救灾恤邻，道也。行道，有福”。可以判断最晚到春秋时代，救灾恤邻作为一个最基本的准则已经得

1　朱浒为中国人民大学历史学院副院长。

到普遍认同，并上升到一种道德规范的层次。《老子》里面也提到了“天之道，损有余而补不足”这样一种裒多益寡的观念。裒多益寡、救灾恤邻的救济行为，最晚可以从先秦时期算起。到了汉朝，对急公好义、乐善好施的表彰已经上升到国家层面。

进入明清时代，从个体化的救助逐渐发展到社区化救济。在传统中国一个县的范围之内，作为国家正式任命的官吏基本上只能到知县这层。当时的一个县比我们现在县的辖区还要大，这样一个县下的社会治理如何得以运行？这个奥秘在于我们当时有一种官治和自治相结合的机制，有社会学家把它命名为双轨制。所谓的双轨制就是在正式的官府治理之下，还有一个民间的自治系统。

也由于这种双轨制的存在，中国社会的稳定性得到了很好的维持。明清时期虽然经历了明清易代这样重大的朝代转换的变革，但是基层社会结构并没有发生重大断裂。从个体化救助的守望相助、邻里相助发展到社区化的救济，这就涉及官治和民治、国家和社会协调发展的结果。在经济发达区域，比如江南、华南也是中国传统士绅社会力量开始得到最先发展的区域。很多士绅以一种自愿的、公益的精神，主动地承担了地方的社会公共事业，从最简单的修桥铺路，到荒年承办赈济等。这使一些社会性事务可以从官府的正常活动当中剥离开，把责任转移到一些社会性组织和社会人士身上。因此，面对近代社会转型的巨大冲击，基层社会的很多基本关系还是得到了良好的维持。

而随着中国社会特有的同心圆式的扩展，在晚清时期出现江南援救华北的情况。这样扩展有助于近代民族国家的认同：我们的同胞跟邻居是一样的；我们所要救助的人、所要救助的地区，跟我都同为中国。这样一种民族认同，和传统文化对于守望相助的理解非常融洽地结合起来。

中国的社会救济传统，对于当代中国社会主义核心价值观体系的构建，也具有启发性意义：第一，如何在地方社会中把公益精神与道德规范的重建结合起来，重点在于打造共同的社区认同、社区文化；第二，是把社区居民的权利意识和现代公益社会的成长结合起来，进行中国式的国家与社会关系的探索。

邻里互助有效应对新时期社会问题

唐忠新[1]

过去住筒子楼、大杂院，几家人共用一个厨房，邻居们必须有一系列的邻里互动。经济社会发展了，住宅单元的出现使我们不必再共用卫生间、厨房，客观上也导致邻里之间的互动减少了。另外，今天的社会服务比过去更加方便快捷，居民频繁搬家，这些对传统邻里关系形成了很大冲击。随着文明的进步，我们越来越注重个人生活空间的私密性，所以观念上、生活方式上也在变化。这一系列的变化，都源于经济社会的发展。

经济社会的发展对邻里关系的影响是多元的，随着经济社会的转型，又有一些新的因素正在成为新的邻里关系发展的内在动因。比如楼道、绿

1　唐忠新为南开大学社会学研究院研究员。

地、停车位等公共空间使用问题等，在传统的邻里关系衰落的同时，一系列要求发展新型邻里关系的因素也在逐渐强化。

传统的邻里关系消失了，我们得进行新的邻里关系的构建，这就是青岛市市北区以及其他地方所开展的“邻居节”的时代意义。今天，邻里依然是构成基层社会管理和公共服务的重要载体和中间环节。随着市场经济的发展，城市基层社会管理和公共服务的基本载体越来越向社区转移，而我们现在所讲的社区，实际上是一个若干邻里所形成的共同体。

邻里互助还是应对新时期一系列社会问题的有效方式。比如人口老龄化的问题，好多老人属于空巢家庭，缺人照料。邻里居住得比较近，远亲不如近邻，邻里互助能够弥补其他服务的不足。

那么，在当今社会我们应该发展什么样的邻里关系呢？传统邻里关系的特点，我概括为“互信、互助又互扰”。我们今天要构建的应该是与现代化进程与市场经济发展相适应的新型邻里关系。这个新型的邻里关系，我觉得要从传统中扬弃，保留互信互助，将互相干扰改成不互扰，“互信互助不互扰”就是我们应该建立的新型邻里关系。

当今的城市里有熟人，但更多的是陌生人，随着社会发展，陌生人的比例还会增加。所以我们现在要发展新型的邻里关系，不仅要在熟人之间倡导邻里互助，更需要在陌生人之间倡导邻里自觉。邻里自觉意味着什么呢？为了宣传我的观点，我还编了几句口号。第一句是：尽管我们不熟悉，但我没有忘记你；第二句是：尽管我们不熟悉，但我愿意帮助你；第三句是：如果你愿意，我想认识你。我觉得这可以成为我们发展邻里关系的新思路。

“邻居节”是精神文明建设的新载体

韩大钧[1]

市北区的“邻居节”已经成为青岛市群众性精神文明创建活动的重要品牌，对提升居民素质、促进社会和谐发展发挥了积极的作用。

一是坚持为民惠民。活动坚持了以人为本的原则，充分尊重群众的主体地位，发挥群众的创造力，着眼基层，服务群众，在举办过程中为居民做了许多好事、实事，居民成为受益者，自然就会成为拥护者。如此一来，“邻居节”就拥有了持续发展的不竭动力和深厚土壤。

二是不断开拓创新。活动始终保持创新状态，没有因循守旧，紧扣时代脉搏，每年加入新元素，采取新举措。近年来，提出大邻居理念，还将微

---

1 韩大钧为青岛市文明办副主任。

博、微信、QQ群等新手段应用到节日当中来，在传承中有创新，在巩固上有发展，不断扩大活动的内涵和外延，覆盖面不断扩大，吸引力不断增强，充分调动起广大居民和社会各界参与的积极性。

三是各方共同努力。邻居节涉及社会方方面面，一办就是十多年，这得益于举办方、参与方的执着坚持，得益于相关部门和广大居民的共同努力，本身就体现着严和实的作风。这种常抓不懈的工作韧劲，这种一张蓝图绘到底的工作态度值得我们学习和借鉴。

社区虽小，却关系到整个社会文明和谐这篇大文章。我们抓好精神文明创建，就是要多搭建群众乐于参与、便于参与的创建载体，增强活动感染力，吸引群众多参与。经过实践看，“邻居节”是一个覆盖面广、参与度高的活动载体，建议把这个载体和精神文明创建充分结合起来，以培育和践行社会主义核心价值观贯穿始终，将其打造成为群众参与文明创建、自我教育提升的响亮品牌。一是进一步和文明城市创建结合起来；二是进一步与道德模范宣传学习结合起来，引导人们崇德向善，见贤思齐；三是进一步与志愿服务结合起来，提倡邻里互相帮扶、守望相助；四是进一步与家风家教结合起来。“邻居节”既是居民相互熟悉、热络感情的节日，也应该是好家风、好家教的展示舞台。

推进社区治理现代化的创举

杨 健[1]

“邻居节”拉近了政府与百姓的距离。每逢邻居节，区委区政府的领导和各职能部门的负责人也都走出机关来到社区，和老百姓面对面。居民们会发现，区委书记坐在小区的广场里和大家聊起了身边事；区长参加社区包饺子大赛，麻利的动作让居民们刮目相看，领导的亲和力指数瞬间暴涨。

“邻居节”弘扬了社会正能量。“邻居节”的活动都是经过精心策划的，每个活动都有促进社区和谐、丰富社区文化、传承中华文明、倡导良好家风等积极意义。参与者在活动中潜移默化地受到感染和熏陶，社区精神文明建设就在生动活泼的形式中实现了。

---

1 杨健为青岛市市北区阜新路街道办党工委书记。

“邻居节”在社区治理中具有积极的意义。社区治理现代化是社区建设的现实课题，“邻居节”可以说是推进社区治理现代化的一个创造性举措。

一是“邻居节”为构建新的社区治理体系架起了桥梁。没有居民的参与，社区治理就是无源之水、无本之木。有了居民的充分参与，社区治理才会根深叶茂，四季常青。“邻居节”让居民们以最容易接受的方式，最大限度地参与到社区治理当中来了。

二是“邻居节”使社区治理的方式更加接地气。“邻居节”作为柔性的、互动的、协商的、多元化的社区活动方式，易于为群众接受和参与。

三是“邻居节”有利于形成积极向上的社区文化。我们街道的许多社区把中国优秀传统文化融入“邻居节”，形成了别具特色的节庆活动，如南山社区每年的包粽子大赛，吸引了中国海洋大学的外国留学生参加；小村庄社区的婆媳包饺子比赛，婆婆和媳妇密切配合才能胜出，优胜者双双获奖，把家和万事兴的理念诠释得生动活泼。

四是“邻居节”是和谐社区建设的润滑剂。我们一个社区里有两家邻居原本关系很好，但因为一点小事闹起了别扭，双方碍于面子，谁也不肯主动向对方示好。居委会就利用“邻居节”的机会拉他们两家共同参加，在活动中，两家很自然地捐弃前嫌、和好如初了。

后 记

党的十八大以来，光明日报立足自身的定位和特色，把社会主义核心价值观宣传报道作为核心任务，放在核心位置，作为报纸的基调和底色，突出文化特色，突出文化内涵，发掘典型，讲好故事，阐释理论，评析热点，使核心价值观宣传报道取得了新的令人瞩目的成绩。

编辑《核心价值观的故事》丛书的目的就是要对这些成绩作一番系统的梳理和展现，为践行和弘扬社会主义核心价值观提供借鉴和启示。首批编辑出版的有《家风家教的故事》《校训的故事》《新乡贤的故事》《地名的故事》《核心价值观百场讲坛（第一辑）》，第二批编辑出版的有《座右铭的故事》《品牌的故事》《新邻里的故事》《文艺名家讲故事》《核心价值观百场讲坛（第二辑）》。丛书的主要内容来自报纸的报道和文章，但并非简单地照搬，而是经过精心的编辑和加工。

在“治国理政新实践”重大主题宣传报道中，光明日报组织优秀记者采写了《为国家立心为民族铸魂——十八大以来党中央推进和深化社会主义核心价值观建设纪实》，对三年来以习近平同志为总书记的党中央培育和弘扬社会主义核心价值观的新理念、新思想、新战略、新实践进行了全景式报道和深入深刻的评析，现作为特稿，收入书中。

值此丛书出版之际，首先要特别感谢的是长期以来亲切关怀、精心指导、充分肯定光明日报核心价值观宣传报道的中央领导、中宣部和中央文明办等部门的领导。他们的关心和厚爱，是光明日报进一步推进和深化核心价值观宣传报道的不竭动力。

要特别感谢的是一直以来高度重视、亲自部署、大力推进核心价值观宣传以及丛书所收录各系列报道的光明日报总编辑何东平和光明日报编委会其他各位领导。何东平和光明日报副总编辑陆先高十分关心和支持丛书的编辑出版。何东平为丛书撰写的长篇序言，阐明了光明日报“把核心价值观宣传放在核心位置”的办报理念，总结了光明日报核心价值观宣传报道的经验，思考了创新核心价值观宣传的思路，对阅读这一丛书提供了有益的帮助。陆先高主持召开丛书编辑工作会议，为丛书的出版奠定了基础，指明了方向。

需要感谢的还有参与和支持丛书所收录各系列报道采写、文章撰写、稿件编发及相关工作的光明日报社办公室、总编室、评论部、科技部、教育部、文艺部、理论部、国内政治部、经济部、国际部、摄影美术部、记者部、新闻研究部、军事部、光明网等相关部门和国内外相关记者站的记者、编辑、工作人员以及社外各位领导、专家和作者。

光明日报新闻报道策划部相关编辑倾心尽力负责丛书所收录各系列报道的策划、组织和协调、落实，积极筹划和投入丛书的编辑和出版，他们付出了很多心血和辛劳，在此深致谢意。

光明日报出版社社长潘剑凯、常务副总编辑高迟对丛书出版给予热情关心和支持，责任编辑谢香、李倩为丛书的编辑出版表现出足够的耐心和细心，也一并表示感谢！

由于丛书编辑时间仓促，或存有错误，敬请各位读者批评指正。

图书在版编目（CIP）数据

新邻里的故事 / 袁祥主编. -- 北京 ：光明日报出版社，2016.11
（2018.3重印）（核心价值观的故事丛书）
ISBN 978-7-5194-0562-5
Ⅰ. ①新… Ⅱ. ①袁… Ⅲ. ①故事－作品集－中国－当代 Ⅳ. ①I247.81

中国版本图书馆CIP数据核字(2016)第255032号

新邻里的故事

XIN LINLI DE GUSHI

主　　编：袁　祥

责任编辑：谢　香　李　倩　　　　责任校对：傅泉泽

封面设计：谭　锴　　　　　　　　责任印制：曹　诤

出版发行：光明日报出版社

地　　址：北京市西城区永安路106号，100050

电　　话：010-67078248（咨询），010-63131930（邮购）

传　　真：010-67078227，67078255

网　　址：http://book.gmw.cn

E-mail：renqing339@126.com

法律顾问：北京德恒律师事务所龚柳方律师

印　　刷：北京华联印刷有限公司

装　　订：北京华联印刷有限公司

本书如有破损、缺页、装订错误，请与本社联系调换

开　　本：889×1194　1/16　　　　插　　页：2

字　　数：94 千字　　　　　　　　印　　张：10

版　　次：2016年11月第1版　　　　印　　次：2018年3月第2次印刷

书　　号：ISBN 978-7-5194-0562-5

定　　价：28.00元